Zoey
and Sassafras
佐伊总是有办法

怪兽与霉菌
Monsters and Mold

Story By Asia Citro
Pictures By Marion Lindsay

[美]爱莎·西特洛—著 [美]玛丽安·林赛—绘

夏高娃—译

北京联合出版公司
Beijing United Publishing Co.,Ltd.

目录

序章		1
第一章	面包实验	3
第二章	怪兽来客	7
第三章	皮毛发霉啦!	15
第四章	轻轻松松解决啦?	20
第五章	吞吞回来了	27
第六章	橡皮泥吞吞	39
第七章	厨房里的科学	44
第八章	寻找防腐剂	47
第九章	发霉毛毛实验	54

第十章	这次成功了吗？	65
第十一章	糖水吞吞	69
第十二章	糟糕啦！	74
第十三章	怪兽舞会照片	87

术语表　96

序章

最近几天，我和小猫萨萨总是焦急地盼着谷仓后门的门铃赶快响起来。我知道许多人都会因为门铃响起来而开心，因为这可能表示快递员送来了装着礼物的包裹，或者一个朋友来玩了。不过，还是我们家的门铃更令人兴奋，因为它是魔法门铃！每当门铃响起，就意味着有一只需要帮助的魔法动物出现在我家谷仓外面。我的妈妈从小到大一直在帮助这些动物。而现在我也开始帮助他们啦……

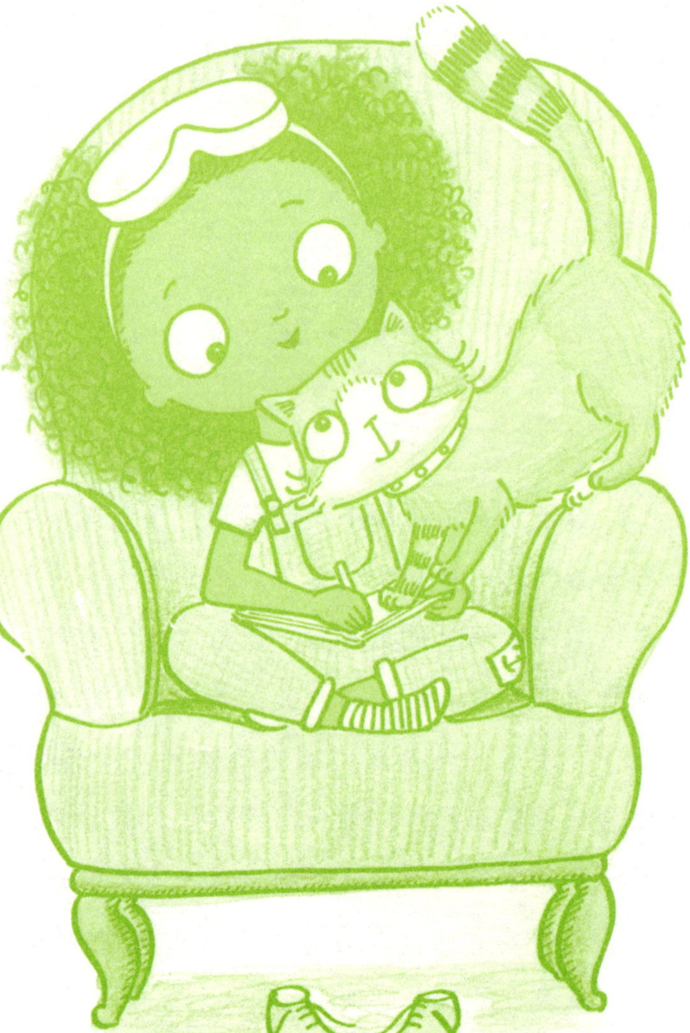

第一章
面包实验

噗——叽——

我忍不住大笑起来。隔着密封袋挤发霉面包的声音可真是恶心极了。

我又挤了挤那只袋子。

噗——叽——

我家小猫跳到桌子上,想看看我在干什么。从窗口吹进来的微风吹着他松软的毛,他在阳光下斜着眼睛看着我。又是"噗——叽——"一声,他吓得往后跳了一步,还嘶嘶地叫着。

"没事的,萨萨,"我咯咯笑着挠挠他的下巴,"这些霉菌都被封在袋子里呢,不会粘到你身上的!"

我的猫咪似乎还是不太相信。

"这其实可酷了！我用妈妈找出来的这些陈面包做了两个实验，你看！"我指了指房间的另一边，"那个实验是测试湿面包会不会比干面包更快发霉。"我又拿手戳戳桌上的密封袋，"这个是测试热面包是不是会比凉面包更快发霉，所以我才把它拿到太阳底下晒着。"

萨萨小心地用一根脚趾戳了一下那个密封袋，鼻子皱了起来。

"冰箱的冷藏室和冷冻室里还有几包，不过那些面包都完全没有长霉。所以还是这一包看起来更好玩一点，是不是，猫咪？"

萨萨整张脸都皱到了一起，他从桌子上跳了下去。我猜，他不像我这么喜欢这些霉菌实验。没准儿他只是在期待魔法门铃响起来吧。不过，自从那条在我们的照料下恢复健康的小龙离开之后，那个门铃就一直是静悄悄的。我尽量把空闲时间都拿来做实验，这样还能让我的脑子忙碌起来。与其在妈妈的书房外面干坐着，就那么等啊等啊，等着不知什么时候才会响起来的门铃声，不如做点科学实验更有意思。

我叹了口气。

窗外的灌木丛里突然传出了一阵沙沙声。萨萨跳到桌上，耳朵转向了后院的方向，然后一动不动地站在那里听着。

"你也听见了，是吧？"我用很低很低的声音对萨萨说。

萨萨喵地叫了一声作为回答，眼睛却还是紧盯着后院的方向。我们两个都把脸紧紧地贴在纱窗上。

也许来的是一只鹿？或者是一只可爱的花栗鼠？

灌木丛又响了一阵，然后有什么东西……或者是什么人……清了清嗓子。

我和萨萨吓得跳了起来！

第二章

怪兽来客

我的心怦怦直跳,肚子里也像翻跟头一样拧成了一团。我可想不起森林里有什么小动物会这样清嗓子。妈妈在外面办事呢。我应该去找爸爸吗?没准儿那个声音完全是我想象出来的……我一时不知道该怎么办才好。

"哎,你好?有人在外面吗?"我紧张地尖声问道。

一只个头和我差不多大的动物从灌木丛里钻了出来。他长着一身橙色的软毛、一对大大的耳朵，头顶上还有两只犄角，他眯着一双大眼睛打量着萨萨和我。这只动物看起来好像……好像……是个怪兽？

我愣愣地站在那里，嘴巴张得大大的。

那只小怪兽掸了掸身上的毛皮，又清了清嗓子。看起来他好像准备说点什么。怪兽能说话吗？这时萨萨突然打破了沉默，从我怀里蹦了出去。我还没来得及抓住他，他就从猫门里飞也似的冲了出去，直直地跑向外面的怪兽。我正要追出去，却突然停下了脚步。那只怪兽好高大啊。话说回来，我也不想让萨萨受伤。我该怎么办呢？我深深地吸了一口气。妈妈从来没说过森林里还有什么危险的魔法生物,所以,这只怪兽虽然看上去很大,但是他没准儿也是很友好的?我一边交叉着手指祈祷事实上真的是这样,一边跑出房门。

　　那只怪兽正高举着胳膊站在那里,一副非常害怕的样子。萨萨蹦蹦跳跳地朝他跑去,等到距离他足够近了,我家小猫就高高地蹿了起来,朝着小怪兽的前胸跳了过去。

　　怪兽尖叫起来:"咿呀!!!那是什么!救命呀!"他一边尖叫,

一边跌跌撞撞地往后退。

我家这只小猫不会是想跳到怪兽怀里去吧？怪兽躲个不停，萨萨最终放弃了，开始在浑身哆嗦的怪兽脚边好奇地咕噜着，还用头碰了碰怪兽的腿。

怪兽吓得用双手捧着脸颊，又尖叫起来："这个家伙想要吃掉我！我都听见它的肚子咕噜咕噜响了！救命呀！"

我连忙把萨萨抱了起来:"真对不起!不过,我家的猫并不想伤害你。我想,他应该是非常喜欢你的。"

萨萨在我怀里扭个不停,想要再去向怪兽表示一下自己的喜爱。我只好把他抱得更紧一些。

"我看他是喜欢到想要吃掉我!"怪兽喘着粗气说。

我忍不住咯咯地笑了起来:"萨萨只吃猫粮,不吃怪兽的,我保证。"

怪兽稍稍平静了一点,他仔细看了看我,脸皱了起来:"我以为你会是个大一点的人类,就跟我在森林里听到的故事说的那样。"

我站得更直了一些:"你听到的故事里说的可能是我的妈妈,不过我也长得够大了,可以帮助你了。"

怪兽扬了扬一边的眉毛:"你确定吗?你看起来还很小呢。"

我把萨萨放到背上:"关于魔法门铃的所

有事我也知道呀，我甚至帮助过一条龙宝宝呢，就靠我自己一个人。"

"真的吗？"怪兽好像有点相信我的话了，"我可喜欢龙了。"

"我也是呀，"我想着棉花糖，轻轻地叹了口气，"龙宝宝不能说话，我都能搞明白他身上出了什么问题。所以我肯定能帮到你的忙啦。"我自信地补充道。说真的，既然这次来的动物能说话，可以回答问题，那么事情还能困难到哪儿去呢！

怪兽对着我看了又看，最终点了点头："我想，你一定知道吧，一年一度的怪兽舞会就要到了。"

怪兽舞会？一年一度的怪兽舞会？一想到一群怪兽凑在一起跳舞，我差一点笑出声来。不过我可不想表现得很没有礼貌，而且我也不想让人家看出来我从没听说过怪兽舞会，所以我只是微笑着点了点头。

"嗯,长话短说吧,还有几天就是舞会了。"他继续说着,"从我记事起,一直有一个难为情的问题,正因为如此,我从来没有参加

过大型舞会。可是我今年真的很想去。所以希望你能帮我解决掉这个问题。"

　　他说完就转过身去。我惊讶得屏住了呼吸：这只怪兽背上的皮毛全都发霉了！

第三章

皮毛发霉啦!

小怪兽转过身来,眼睛直盯着地面:"我知道,看起来可恶心了。"

"啊,真对不起!不过看起来还没那么糟糕,真的,"我说,"我只是感觉有点意外,因为我从来没见过皮毛发霉。而且我也从来没见过怪兽的皮毛。是不是很多怪兽都会碰上这种情况?"

"不是,只有我是这样,"他伤心地叹了口

气,"这也太难为情了。我们怪兽都会精心打理自己的外表。可是不管我洗澡洗得多勤,我的身上都会长出这些讨厌的霉菌。它们先是长在我的后背上,接下来还会越长越多,早晚会把我的全身都长满的!"

"这真是太糟糕了。"这只可怜的怪兽让我感觉有点难过,他的问题真的太可怕了。

"你能帮帮我吗?肯定有办法让我的皮毛不再发霉吧?"

"我当然很乐意帮你。嗯,也许我可以……"我用手指按着嘴唇,努力思考起来。霉菌有可能会带来危险,我得想个不用手碰霉菌就能解决问题的主意,或者等妈妈回家以后再说。萨萨喵喵地叫了起来,他举起一只爪子,拍了拍我的脑袋!

"嘿!你这是干吗?"我对萨萨皱起了眉头,不过我立刻反应过来,萨萨这是在提醒我戴动脑筋护目镜呢。这样做听起来可能有点傻，不过它确实能派上用场。把那副幸运的护目镜戴在头上以后，我总是能想出好主意来。

"呃，请等一分钟，怪兽先生，我马上就回来。我得从家里拿点东西。"

怪兽哼了一声："我才不是什么怪兽先生，我的名字叫吞吞。"

"啊，抱歉啦，吞吞，一小会儿就好。"

我一戴上动脑筋护目镜，就想到了更多可以提的问题。这可让我松了口气，也许我在妈妈回家之前就能把这个问题搞清楚。我拿上了笔和科学笔记，拔腿跑出门。

我调整了一下头上的动脑筋护目镜，翻开我自己的科学笔记。本子刚好摊到贴着照片的那一页，照片上的萨萨正骑着小龙棉花糖玩。我用手指慢慢地抚摸着照片，棉花糖鳞片上亮闪闪的光芒从相纸中蹦了出来，让这张魔法照片看起来像是活的一样。

吞吞又清了清嗓子。

我连忙在笔记中翻开新的一页，把要研究的问题写在最上面：

问题：
吞吞的皮毛发霉了。

"吞吞，你大概多久洗一次澡？每次都是在哪里洗呢？"

"我每天都在小溪里洗澡。"

"然后呢?你是直接把身上擦干,然后回到你的……怪兽家里去吗?"

"啊,差不多吧。我会把身上的水抖干,然后就回我那个暖和又舒服的山洞里睡觉去。"

我在笔记中写下:

备注:

在小溪里洗澡。

(湿乎乎)的毛皮。

在(温暖)的山洞里睡觉。

有啦!肯定是因为这个!我在笔记上把"湿乎乎"和"温暖"这两个词圈了出来。这其实和我用面包做的那个实验有点像嘛。

"吞吞,我知道你的问题怎么解决啦!"

第四章

轻轻松松解决啦？

"霉菌在温暖而潮湿的东西上长得很快,"我对吞吞解释道,"你回到山洞的时候身上的毛应该还有一些湿呢,你睡觉的环境又很暖和,这可是霉菌生长的完美环境。"

吞吞看起来有些担心:"你是说问题在于我那个暖和的山洞吗?我可不想在外面睡觉呀,太冷了!"

我拍拍他的胳膊:"我想,如果咱们能解决皮毛潮湿这个问题,你就算在暖和的山洞里睡觉也没关系的。我们可以借你一条毛巾。洗完澡之后用它把皮毛完全擦干就好了。为了更安全一点,你每天最好早一点洗澡,这样回到山洞之前,你身上的毛就能彻底晾干了。这么做的话,你身上的霉菌应该就不会再长啦。"

我同时也在笔记上写下:

解决方案:

1.吞吞每天应该早一些去洗澡。

2.吞吞应该用毛巾把身上完全擦干。

我摸了摸摊开的那一页,我有点想在笔记

里附上吞吞的照片。妈妈给了我一台拍立得相机，我可以给自己帮助的每只魔法动物都拍一张照片。不过我还不太好意思开口问吞吞，因为我们毕竟刚刚认识。不管怎么说，他的问题很好解决。我把科学笔记合上了。

"我马上就回来。"我对吞吞说，然后跑回家里给他拿了一条毛巾。

吞吞用两根手指捏起毛巾，仔细地打量着。

对啦，怪兽应该不知道毛巾是什么东西吧。"你看，这个是这么用的。"我一边说，一边比画着擦身子的动作。

吞吞认真地看着我比画，然后微笑着拿走了毛巾："多谢你帮我，小人类。这下我就能去怪兽舞会了，真是太高兴啦。"

"这不算什么。我的名字叫佐伊，这是小猫萨萨。我们希望你在舞会上玩得开心。"

好啦，这可真是轻松呀！我挥手与吞吞告别，怪兽的背影很快就在森林里消失了。我正准备转身回家，就听见妈妈的汽车开上了门口的小路。我和萨萨立刻跑过去欢迎她。

"妈妈！我今天靠自己解决了一个问题！有一只怪兽来了，萨萨可喜欢他了。可是他背上长满了霉菌。我们特别小心，没有直接碰他身上发霉的地方，因为我知道有些霉菌可能很危险。反正不管怎么说，我搞明白了他身上为什么会发霉：因为他总是在皮毛还湿着的时候就钻到温暖的山洞里睡觉,就像我做实验用的面包一样!你看,他只需要早点洗澡,再用毛巾把皮毛好好擦干就可以了。这样他睡觉的时候身上就完全干了,也不会再出现发霉的问题啦!啊,对了,我把咱们的一条毛巾借给他用了,没问题吧?"

"嚯!听起来你这个下午可忙了不少事呀。"妈妈一边说,一边搂着我一起往家里走去,"不知道萨萨为什么会那么喜欢他。"

"哎,妈妈,你真应该亲眼看看。萨

萨对他可是喜欢得不得了,甚至想跳到吞吞怀里去呢。吞吞可是吓坏了,我想,怪兽应该没见过多少猫吧。"

妈妈若有所思地点点头:"是啊,我想,他们大概没见过。吞吞真可怜,怪兽们都很为自己干净的皮毛而自豪的,所以身上发霉一定让他很难受。"

"就是,他看起来可担心别的怪兽会怎么看他了。他说,就是因为自己身上发霉,每次举办怪兽舞会的时候,他都只能待在家里呢。"

"哦,那可真是太糟糕了!我听过好多有关怪兽舞会的故事呢,这个舞会可有意思了。我希望今年吞吞能够鼓起勇气去参加一次。听起来你做得非常好呀。"

跟妈妈聊完之后,我更加确定自己成功地解决了吞吞的问题。我信心满满地翻开科学笔记全新的一页,甚至开始想象接下来遇到的魔法动物会是什么了。

第五章
吞吞回来了

门铃声响起的时候,我正待在谷仓里,盘算着该用最后几片面包做什么实验好。我立刻从椅子上跳了下来,把头上的动脑筋护目镜都甩掉了。我捡起护目镜,拔腿跑了起来。

萨萨也是迈着跳舞似的猫步跑向后门。

"你觉得这次来的会是什么呢,萨萨?"

"喵?"

"是啊,我也不知道。不过我希望是个什

么宝宝。小棉花糖多可爱呀！"

"喵！"

我尽可能慢慢地打开了谷仓门，以免吓到门外来求助的动物。

谷仓门打开之后，我的肩膀一下子垮了下来。来的根本不是什么新的魔法动物，是吞吞回来了，而且他的身上还在发霉。

糟糕啦！

吞吞叹了口气，我皱起了眉头。现在高兴的就只剩下萨萨了。他咕噜咕噜地跳来跳去，浑身都洋溢着快乐的气息。实际上他简直有点太高兴了，甚至没有留意到一只苍蝇正在他周围嗡嗡地叫着。这可相当不寻常，因为萨萨一直都喜欢抓虫子吃。我连忙在他吓到吞吞之前把他抱了起来。

"完全没有用嘛。"吞吞边说边踢踏着地上的土，"你说的我都照做了，我每天很早就洗完澡了，也用你的毛巾好好擦干了，睡觉之前我还格外确认了一下身上的毛全干了。可是我身上现在还在发霉!"

他看起来快要哭出来了。那只苍蝇一直绕着吞吞的脑袋飞,他想把苍蝇赶走,可是它死活不肯离开。

"我身上太恶心了,这只苍蝇都不肯放过我!"吞吞大哭起来。

"吞吞,你可千万别哭!还不能放弃。我们第一次尝试的办法没有用,但是这也不能说明咱们解决不了问题呀。再试试其他的办法。"

"还有什么办法呢?"吞吞哭着说,"什么都治不好我这一身发霉的皮毛啦。我身上的霉菌大概再也去不掉了,我也永远去不成舞会啦!"

萨萨从我的怀抱中挣脱出来,又向吞吞跑去。我自己哭的时候,和萨萨亲热亲热总是会让我感觉好一些,但是吞吞一看见萨萨跑过来就只是往后退。

我连忙抓住了萨萨。"别动！"我命令说。

萨萨生气地瞪了我一眼，不过还是在我脚边乖乖坐下了。

"我知道你很少见到猫，不过猫一点都不可怕，而且他们也不会吃怪兽。你真的不用怕

萨萨,他连一只苍蝇都不会伤害的!"

我的话音刚落,那只烦人的苍蝇恰好从萨萨身边飞过,被他一口吃掉了。

吞吞尖叫起来。

真尴尬。我把萨萨扔进了谷仓,又把谷仓

门牢牢关上。然后我拍着吞吞的胳膊安慰他，直到他急促的呼吸平复为止。

这一次我得想一个绝对能起作用的办法。

"该试试什么……该试试什么呢？"我一边念叨，一边轻轻敲打着头上的动脑筋护目镜,"对啦!我应该尝试很多不同的东西!去做个实验好啦!"这样一来,我就能尝试很多东西,看看到底哪种才能让吞吞身上不再发霉。

"想到啦!等我一分钟,吞吞,我得从家里拿点东西过来。"

我按着头上的护目镜,用最快的速度跑回家里,拿了剪刀和一些密封袋。我还没想好具体应该在吞吞的毛上试用什么,不过我知道首先得取一点样本。

回到谷仓的时候,我到处找不到吞吞。这可不妙。

"吞吞,吞吞?你跑到哪里去了?"头顶的树上传来一阵沙沙声,接下来又是一些喘粗气的声音。我抬起头,看见吞吞躲在树上,正低头看着我。

"你的猫在用他那可怕的爪子挠谷仓的门,他肯定打算趁你不在的时候冲出来。还是躲在

树上比较安全。我现在可以出来了吗?他把谷仓的门挠穿了吗?"

"没有,他还在谷仓里呢。你可以下来啦,我会保护你的。"

吞吞这才慢慢地爬了下来。

"这几个袋子是干吗用的?"

"我想知道在你的毛上涂点什么东西才能让霉菌停止生长。为了找出最有效的办法,我得分别试用很多东西,把结果比较一下。所以我得从你的皮毛里取一点点样本。可以吗?"

吞吞叹了口气,肩膀垮了下来。

"你说得确实有道理,别剪太多就行。也别把我的发型剪得太奇怪。"

我点点头。那么我到底要试多少种东西呢?现在还不确定,也许取五份样本就够了。我需要留出一份样品,里面什么都不加,这样才能看出吞吞的皮毛上通常生长着多少霉菌。然后我就能在其他样本里加入不同的东西,来研究什么才能阻止霉菌生长。我用食指当尺子,比画着要从吞吞后背上剪下一撮橙色的毛。我还得想办法确定每次剪下的毛数量都完全一样。

做实验的时候,你只能改变其中一个条件,其他条件应该保持不变。既然我想要改变的只是往皮毛上加的东西,那我就得让毛的数量完全一样。

吞吞扭了扭身子，回过头来看了看："你不会全剪我后背上的毛吧？这可能不是什么好主意。背上秃了好几块可比发霉还糟糕呢。"

我叹了口气："那我在你的脚边剪一点怎么样？谁也不会注意到这么靠下的地方少了点毛的。"

"我想，应该没问题吧，"吞吞嘟囔着，"反正我去舞会的时候可以穿袜子。"

他终于站住不动了，我立刻动起手来。我做得非常小心，没有碰到他身上发霉的地方。

"好啦！"我对吞吞说，"我总共取了五份样本。不过你几乎发现不了自己身上哪里少了毛。"

吞吞抬起脚，转着左右看了看，满意地哼

了一声。

"所以,如果我晚点再过来的话,你能把这些霉菌搞定吗?"

"呃,那还不行。至少得要两天左右才能出结果呢。"

"两天?不过到时候你就肯定能有答案了吧?"

"嗯,我希望能有吧。"我愉快地说。

"你希望能有?"吞吞喊道,"可是六天后就是怪兽舞会了!如果你到了那个时候都不能解决怎么办呢?"

"你知道,就算我们解决不了这个问题,你一样可以去舞会呀。我和萨萨非常高兴能做你的朋友,我们一点都不在乎你的皮毛有一点霉菌。我想,你肯定也有不少怪兽朋友吧，他们也不会在意你身上发霉的。"

吞吞激动地高高举起双手："我不能这么带着一身霉菌去跳舞！那就太糟糕了！我讨厌身上发霉，讨厌死了！"

可怜的吞吞，皮毛上的霉菌真的把他急坏了。我们最好赶快想办法帮他解决这个问题！

"别担心，我做实验的时候会尝试很多东西的。这里面肯定会有一个办法有用的！"

吞吞吸了吸鼻子，又抬手擦了擦，最后点了点头。

吞吞走了以后，我立刻带着怪兽毛跑回家里，还仔仔细细地把手洗干净。我得在两天的时间里尽快找到解决的方法。时间可是很紧张的。

第六章

橡皮泥吞吞

我先是坐着想了一会儿,然后站起来接着想,最后干脆一边来回走一边想。我应该往吞吞的毛上加什么才能让它不发霉呢?我用面包做的实验研究的是怎么让霉菌长得更多,而不是怎么让霉菌停止生长。放在冰箱冷冻格里的面包倒是从来不会发霉。可是把吞吞塞进冷冻格里可能不是他想要的办法。

我在餐桌边上坐下,萨萨跳到我的大腿

上，我一边抚摸着小猫，一边盯着乱糟糟的桌面看。桌子上到处摊着我用妈妈回收利用的东西做的手工和小玩意儿。

可能是我动脑筋护目镜的位置不太对吧？我把它调整到我觉得离脑子最近的地方，然后

继续耐心地等着。我打量着桌上的东西，脑子里突然蹦出了一个词：橡皮泥。

橡皮泥？

"好吧，动脑筋护目镜，既然你这么说了，那就这么办吧。"我一边嘟囔着，一边玩起了

橡皮泥，等着护目镜给我带来更多的灵感。

我用橡皮泥捏出了一个小号的吞吞。萨萨一看见我捏的迷你吞吞就发出了咕噜声。我忍不住笑了。我家这只小猫真是喜欢吞吞呀！

我正准备在迷你吞吞边上再捏个迷你萨萨，灵感突然就出现了。对啦！就是橡皮泥发霉那件事嘛！

有一次，我打算自己做一些闪闪发光的葡萄味橡皮泥。我准备好了需要的各种材料，却发现盐罐子几乎已经空

了，里面剩下的盐只有差不多一勺。而橡皮泥配方上却写着要加三分之二杯盐才行。

于是我决定只放那一勺盐，希望这样也能成功地做出橡皮泥。实际上做出来的橡皮泥确实很不错，至少一开始不错。几天以后我再想拿橡皮泥玩的时候，就发现上面长满一层毛茸茸的霉菌。我吓了一跳，连忙把装着橡皮泥的盒子拿给妈妈看。

"盐是用来给橡皮泥保鲜的，"妈妈说，"如果盐加得不够，那么橡皮泥就会发霉。"妈妈当时还用了一个很特别的词来描述盐的作用，那个词怎么说来着？

它的开头好像是f……f……f……什么来着？我想破头都想不起来！

好在这时传来了前门打开的声音，这可让我松了口气。妈妈回来了，她可以告诉我那个词是什么，而且她应该也知道要在吞吞的皮毛里放点什么。

第七章
厨房里的科学

"妈妈！"我高声喊道，"那个f开头的词是什么来着？橡皮泥里的盐是用来干什么的来着？"

"哎呀，佐伊！"妈妈咯咯笑着走了进来，"盐是一种防腐剂。添加防腐剂可以阻止霉菌和细菌生长，这样你做的东西就能保存更长时间了。你怎么突然对防腐剂这么感兴趣了？"

"吞吞还是需要我的帮助,那个毛巾的点子不管用。我想,他的皮毛里肯定有什么东西让霉菌疯长,就算他身上完全是干的也会长。"

"吞吞真可怜,看来这种霉菌一定很喜欢他的皮毛。吞吞是不是特别失望?"

"吞吞可伤心了,甚至哭了呢!他这样我也很难过。没有几天就是怪兽舞会了,我得赶快想个办法出来。"

"所以你是打算用盐来做点什么?"妈妈问。

"是啊,我刚才戴着动脑筋护目镜,就想到了盐可以让咱们做的橡皮泥不发霉。可是我还得多拿几种东西来做实验,对吧?万一盐不管用呢?我现在还可以再试三种东西。我还能试试什么东西呢?"

妈妈对我笑了笑:"我想,你肯定能自己想出来的。"

"好吧,嗯……"

"我先给你一点小线索怎么样？如果你到晚上还想不出来，我再告诉你应该用什么。"

我笑了，小线索往往能帮大忙。

"第一条线索是什么呢？"

"防止发霉的方法有很多种。有些防腐剂是大工厂才能生产出来的，咱们肯定用不了。可是也有不少防腐剂是在厨房里就能找到的。你觉得要找的是什么呢？"

"嗯……防腐剂可以让东西保存更长时间。所以可以找那种能够存放很久的食物？"

妈妈点点头："这个方向就对了，宝贝。去读一读食物标签上的原料表吧，看看你能发现什么。"

"去厨房喽，萨萨！"我对萨萨喊道，"咱们要去找防腐剂啦！"

第八章

寻找防腐剂

"防腐剂,防腐剂,你在哪儿呢,防腐剂?"我一边轻声念叨着,一边在厨房里走来走去。我决定从橱柜找起,我一眼就看见了一直放在那里的油。可是配料表上唯一的原料就是油。

嗯……

也许油也是一种防腐剂?我把它拿到一边,准备一会儿问问妈妈。

然后我又拿起放了至少一年的豆子罐头。

豆子、水、盐。盐又得了一票，看来它果然是一种效果很好的防腐剂。

接下来我又留意到了一罐用花园里的蔬菜腌的自制泡菜。那是我们去年夏天快结束的时候腌的，所以也放了很久了。对了，妈妈还说过把黄瓜做成腌菜能保存更久呢。

我闭上眼睛，开始努力回忆当时我们都放了什么。首先肯定是小黄瓜！它们长得特别可

爱。然后我们往上面倒了一些什么东西，我回想着那股味道，鼻子不由自主地皱了起来。是醋！我真的不喜欢醋的味道。

　　这其实有点搞笑，因为实际上我经常要用到醋。我最喜欢用小苏打和醋做火山玩了，对它们混合之后涌出来的泡泡更是永远也看不腻。只不过我以前玩的时候都被熏得龇牙咧嘴的，好在最后妈妈发现了一个小妙招。每次把

醋给我之前,她都会往里面滴上几滴薄荷香精,这样那个泡泡小火山"喷发"的时候,喷出来的泡泡就会带着薄荷棒棒糖的香味。

萨萨喵地叫了一声,打断了我的思绪,他用爪子拍了拍冰箱。

"真是个好主意!我这就到冰箱里翻翻。"

我把醋从橱柜里拿出来,放到刚才的油旁边,然后打开了冰箱门:牛奶、鸡蛋、黄油……这些东西就像油一样,只有一种原料。可是我们必须把它们放在冰箱里,而油却不用进冰箱。所以可能它们都不能防止自己发霉吧。我很确定是因为冰箱里温度很低,这些食物才不会变质。

然后我又摸到了一罐覆盆子果冻。嗯,这可有点意思。这一大罐果冻我已经吃了好几个星期了,可是它依然好好的。虽然果冻的确放在冰箱里,可是我们冰箱里也有新鲜的覆盆子,那个不出几天就长出黑黑的霉点了。这说明果冻里肯定有不让它发霉的特殊配料。

我把那罐果冻拿了出来,开始读配料表:覆盆子、水、糖。糖?嗯……有可能。

于是我把果冻也放在其他我觉得可能有用的东西边上了。

我又看了看放在食品柜里的饼干和麦片,不过上面列出来的很多原料看起来都稀奇古怪的,这些可能就是妈妈说到的那种工厂制造的化学物质吧。有些原料的名字我都读不出来,看起来就像外文一样!

我低着头对坐在我右脚上的萨萨笑了笑:

"还有别的主意吗?"

萨萨考虑了一分钟,然后离开了厨房。我也跟着他走了出去,结果发现他跳到妈妈怀里咕噜起来。我猜,这说明他也想不到其

他点子了!

　　妈妈笑眯眯地问道:"你想出来什么了吗?"

　　我点了点头:"我们找到了不少加了很多盐的东西,盐肯定是一种很常用的防腐剂。我觉得能管用的还有醋、油,可能还有糖?"

　　妈妈的笑容更大了:"干得好!这些东西都可以当作防腐剂,而且我想,它们也很适合用来做这个测试的实验材料。你准备好做实验了吗?记住,只能改变其中的一个条件——"

　　"我知道,我知道,"我忍不住插嘴说,"要让其他条件保持不变。我会的,妈妈。"

第九章
发霉毛毛实验

　　我拿好装着怪兽毛的密封袋和我的科学笔记，走进厨房，开始把实验里的所有细节都写下来，这样我就不会忘记自己做过什么了。可能要花上一两天的时间才能看出我拿来测试的怪兽毛有没有发霉。这两天里我有可能会忘记很多事情的。

问题：
什么东西能让吞吞皮毛里的霉菌停止生长？

现在我该把推论写下来了。哪种防腐剂会起作用呢？我在厨房里找到的很多东西都用了盐。盐好像在很多材料上都能管用，所以可能用在怪兽毛上也没问题吧。

推论：
我认为盐可以让吞吞皮毛里的霉菌停止生长。

好了，现在该确定每种防腐剂要加多少了，我得保证在每份样本里加入同样数量的防腐剂。让我想想……两勺可能就够了？至少我觉得应该没问题。

实验步骤：

1. 在每个密封袋里放入同等数量的吞吞的毛。
2. 第一个袋子里什么都不加。
   第二个袋子里加入两勺油。
   第三个袋子里加入两勺盐。
   第四个袋子里加入两勺糖。
3. 将袋子密封。
4. 把所有封好的袋子放在谷仓里，每天按时检查，看看有没有霉菌长出来。

呼,真是写了不少字。我甩了甩发酸的手。

首先,我把里面只有毛的袋子封好,并且在上面贴好标签,好让自己别忘了这只袋子里什么都没加。这里的毛应该会正常地长出霉菌来,过几天我就能拿它跟其他袋子进行对比,看看哪种防腐剂最管用。

我又拿过来一只袋子,往里面加了两勺

醋，又哗拉哗拉地来回摇了摇，好让里面的醋均匀地浸透所有毛发。我忍不住皱起了鼻子，可真够难闻的！我飞快地把袋子封好，

这样我就不用再闻醋味儿了。我在标签上写下了"醋",然后又用同样的办法做好了装油的袋子。

我做得非常顺利,不过在往第四只袋子里放糖的时候遇到了点麻烦。

"呃,这不行呀,萨萨。这些糖都堆到袋子最里面了,完全没法粘在毛上。"

也许这样其实也没问题?不行,糖粒不能像油或者醋一样裹在毛上还是让我特别担心。

扑通!

一团巨大的毛球突然跳到我身边的桌面上,我正要喊"萨萨!快从桌上下去!",就发现他在用脑袋撞那个果冻罐子。这可有点

怪，萨萨喜欢吃的是虫子，可不是果冻！

　　我把他从桌子上弄了下去。萨萨可能是想让我把果冻放回冰箱里？我拿起果冻罐，最后读了一遍上面的配料表。对啦！加水！

　　我转了一圈，拿起豆子罐头看了看，这个配料表里面果然也有水。这样就对了，豆子罐头里有加了水的盐，果冻里有加了水的糖。当然是这么回事啦！

我在一只小碗里加上两勺水和两勺盐，在另一只小碗里加上两勺水和两勺糖。把这两个碗里的东西搅拌均匀以后，我往应该放盐的袋子里加入两勺盐水，往应该放糖的袋子里加入两勺糖水。这一次在我摇匀之后，盐和糖就都能均匀地裹在怪兽毛上，再也不会掉到袋子最底层了。我也在科学笔记上把这个变动写了下来。

写完之后，我忍不住拍了拍手。完美搞定啦！可以准备把这堆东西都挪到谷仓里去了。

正在这时，我爸爸突然走进了厨房。我愣住了，妈妈说过，爸爸看不见任何有魔法的东西。这些袋子在他眼里会不会是空的？那对他来说，我正在做的实验可就太奇怪了。

爸爸走了过来，揉了揉我的头发。

"又在做实验呢，佐伊？这是什么实验呀？"他看了一眼我的科学笔记，"怪兽毛？这个主意不错，你这是在做幻想实验吗？"

"呃……"

他拿起一只袋子，对着阳光看了看："如果你放一点真的毛发进去会更好玩吧，也许萨萨会愿意借给你一点？"

萨萨生气地咕哝起来。我也忍不住笑出了声。这些袋子在爸爸眼里的确是空的!

"这真是个好主意,爸爸,谢啦!"我快活地答道。

爸爸离开之后,我悄悄凑到萨萨耳朵边上说:"别担心,我不会动你的毛的。"

之后,我就拿好所有东西去谷仓了。把它们放在谷仓的桌子上后,我不禁又想到了可怜的吞吞哭泣的样子。如果我现在用来做实验的这些东西不能阻止霉菌在他身上生长,那么我也没时间再做一次实验了。如果到时候吞吞身上还是长满霉菌,那他就只能蹲在家里,去不成舞会了。我的心里很难受。他一定得去舞会才行。这次实验必须成功!

第十章

这次成功了吗?

等待的时间非常难熬,不过霉菌生长总是需要一点时间的。所以我和萨萨拼命地让自己在接下来的两天里忙碌起来。我们和妈妈一起在森林里散步、到处抓虫子,我甚至用树枝和大叶子在森林里为萨萨建了个树屋。

最后,我们实在是分散不了注意力了。我拿起科学笔记跑进谷仓,准备看看实验有没有进展。

我首先检查了那只什么都没加的袋子,里面果然长满了霉菌。然后我又看了装油的那只袋子,里面有一点发霉,但是没有上一只袋子里那么严重,所以油发挥了一点作用。

接下来我又看了装盐、醋和糖的袋子。结果让我高声欢呼起来,甚至把萨萨吓得参着毛蹿了起来。我扔下科学笔记,抱着萨萨

转了一圈。

"起作用啦,萨萨!成功啦!盐、醋和糖都成功了!"

门铃刚好也在这时候响了起来。时间把握得真准!我跑过去一把拉开房门,因为我实在是太激动了,甚至没来得及问好,就一把抱住了门外的吞吞。

"成功啦!我知道该怎么办啦!"我开心地喊着。

吞吞的眼睛也瞪大了:"成功了吗?"

他实在是太开心

了,甚至没有注意到萨萨正咕噜咕噜地绕着他的腿转。

我拉起吞吞的胳膊,把他带进谷仓里,拎起那几只袋子给他看:"你看!我们现在有三样东西可以选了,有盐、糖和醋。"

吞吞露出了明亮的笑容:"那咱们应该选哪个呢?"

"好问题!嗯……既然你的皮毛长得那么浓密,那我得先回家看看我们家哪种东西最多。"

我一只脚都从谷仓里迈出去了,突然听到背后传来一阵乱响。我转过身去,看见满脸惊恐的吞吞缩到了谷仓的角落里。我猜,他是终于注意到萨萨就在他脚边啦。我抱起我的小猫,拔腿往家的方向跑去。

第十一章

糖水吞吞

我把萨萨放在厨房的地板上,打开了食品柜。首先看见的就是盐罐,我打开看了看,发现里面已经快要空了。我又把一包面粉推到旁边,发现了一大包还没开封的糖。

嗯……没准儿已经有一种防腐剂胜出了。

最后我看了看柜子最底下一层,检查了一下我家的醋还剩下多少。我摇了摇瓶子,发现里面剩的也不多了。看来我真的用醋和小苏打做了好多泡泡火山呀!

糖应该就是最好的选项,我把那只挺沉的大口袋扑通一声放在厨房的桌子上。

"现在我还需要点什么呢,萨萨?"

萨萨正不耐烦地在后门前走来走去——他想和吞吞多待一会儿。

我拿起一只塑料做的大水罐和一把木头勺子,准备一会儿搅拌糖水用。我往罐子里接了些水,又把所有东西都抱了起来。为了不让罐子里的水洒得到处都是,我只能迈着很小很小的步子。往谷仓走的一路上萨萨都在对我喵喵叫,我猜他是嫌我走得太慢了。

走进谷仓之后,我往水罐里加了一些糖,又用勺子搅拌了一两分钟。然后我拿起罐子对吞吞说:"咱们还是到外面去吧,可能会弄得很乱的。"

我们走到谷仓外,我又检查了一下吞吞的皮毛:"哎?现在你身上一点霉菌都没有呀!"

"哦。那是因为我刚刚在小溪里洗过澡。这样可以吗?"

"这样再好不过啦。这些糖水应该会让你皮毛里的霉菌不再生长,就像装糖水那只袋子里的毛也没有发霉一样。我打算……嗯,一点点把它倒在你背上,然后用勺子涂抹均匀。你觉得可以吗?"

吞吞点点头,乖乖站着不动了。

萨萨一看见我举起水罐,就立刻躲得远远的。他最讨厌把身上弄湿了。我把糖水倒在吞吞身上,并且尽可能涂抹均匀。几分钟后,我就很确定吞吞的皮毛上已经完全涂满一层糖水了。

"搞定啦！你可以回家了，如果你想过两天再来，我可以帮你再调一些糖水。"

"真不敢相信，我可以去怪兽舞会了！"吞吞欢呼起来，"我身上还有点潮，所以我打算先去好好散个步，把身上完全晾干了，再回家去睡觉。"

"真是个好主意，吞吞！我实在是太为你高兴啦！"

我们挥手告别。我把所有用到的东西都搬回家里了。把所有要洗的东西放进洗碗池之后，我拿起科学笔记，准备把怪兽毛实验的结果写在上面。

能解决吞吞的问题让我很高兴，可是我刚合上笔记本，就突然想到忘记给他拍照片了。

没准儿他过两天还会找我来涂糖水吧？那时候再问问他好啦。

第十二章

糟糕啦!

我和萨萨正坐在厨房里思考着早餐要吃点什么时,魔法门铃突然响了起来。

门铃居然这么早就响了?我真的——真的——真的很希望出现的不再是长着一身霉菌的吞吞。

妈妈挑起一边的眉毛看看我,递给我一片烤面包。

"谢谢妈妈。"我接过面包片,飞快地抱

了她一下，就用最快的速度跑了出去。萨萨往嘴里满满地塞了一大口猫粮，鼓着嘴巴跟在我后面。

我们飞奔着穿过谷仓，一把拉开后门。门外果然是吞吞。

"吞吞！你这是怎么了？为什么你身上全是水？"

吞吞激动地高高举起双手："全乱套啦！全都乱套啦！"他气急败坏地喊道，"首先，昨天我往山洞走的时候，所有东西都粘到我身上了：尘土、树叶、树枝，还有小飞虫！我看起来简直太糟糕了！"

糟糕。糖水当然是黏糊糊的了！我怎么把这一点忘了呢？我猜，可能是因为我是用勺子往他身上倒糖水，没有用手去碰，所以我没有摸到那些糖水到底有多黏。

吞吞接着说道："我以为这已经是最糟糕的情况了，结果居然还有更糟糕的。今天

早上醒来的时候,我的身上爬满了蚂蚁,甚至连耳朵里都有。"

糟糕。我也忘了蚂蚁最喜欢甜甜的东西,而糖水当然很甜,对于蚂蚁来说,吞吞大概就像巨大的怪兽糖果一样!

"我连跑带跳地跑到小溪边把身上洗干净,然后就直接过来了,"吞吞说,"我的皮毛的确没有再发霉,可是这样比发霉难受多啦!"

"哦,吞吞,实在是太抱歉了!我居然忘了糖水是黏糊糊的,也忘了糖水会招蚂蚁,真

是太不应该了。"

哎哟,这下可是彻底搞砸了。我忍不住双手抱着头,实在是不好意思和吞吞对视了。

萨萨撞了撞我的腿:"喵呜?"

我低下头想看看他的声音为什么那么奇怪,然后就发现他嘴里叼着一只密封袋。对啦!

"萨萨，你可真是个天才！"我抱起萨萨，亲了亲他的脑袋。吞吞的表情有点难看。

"别担心，还没结束呢。我们还能尝试另外两种东西。这一次我一定会选得更仔细的。"

我打开萨萨叼过来的袋子，它的标签上写的是"盐"，我伸手进去摸了摸，肩膀不由得垮了下去。

不行，盐水也是黏糊糊的。

吞吞的眼睛里又涌出了泪水，他的嘴唇也哆嗦起来："我放弃啦！什么都不行，我肯定去不了怪兽舞会了。"

"别哭呀,吞吞!咱们还没试过醋呢。"我虽然这样说着,不过心里还是有点没底。我深深地吸了口气。这一次必须成功。

醋应该不会黏糊糊的,对吧?玩过醋和小苏打做的小火山之后,我的手从来不会变得黏糊糊的,顶多会因为沾了小苏打而有点沙沙的而已。

我慢慢地把手伸进袋子里,用最快的速度戳了一下袋子里的吞吞毛。再抬头看向吞吞的

时候,我忍不住微笑了起来。

"你摸摸看!"我拉过他的手,把它放进了袋子里。

"一点都不黏!"吞吞脸上也缓缓露出微笑。

他从袋子里抓出一把浸满了醋的毛,然后

突然把脸扭到了一边,闭上眼睛吐着舌头做起了鬼脸。

"这个味道太难闻啦!这可不行!我身上可不能有臭味!"吞吞又哇的一声哭了出来。

醋味儿让我也忍不住皱起了鼻子。这种味道确实难闻,实际上我最讨厌醋味儿了……但是我有办法解决。

我抓住吞吞的肩膀:"没问题的,相信我,我知道怎么对付这种味道。你在这里等一下。"

说完,我就立刻跑回家里,用最快的速度在食品柜里翻了一遍,找到了那个装着薄荷香精的小瓶子。

"谢谢妈妈!"我一边小声念叨着,一边把那个小瓶子和一瓶醋拎了出来,带着它们飞快地跑回了谷仓。吞吞已经不哭了,不过我能看出来,来来回回折腾了这么多次,他已经不觉得自己还能去怪兽舞会了。

我拧开醋瓶的盖子,往里面滴了几滴薄荷

香精，然后拧好盖子摇了摇。我把摇匀之后的醋往剪下来的吞吞毛上倒了一点："现在你再闻闻。"

吞吞先是轻轻闻了一下，然后又狠狠地闻了一下，最后又用很大很大的力气闻了起来。

"这个味道太好闻了，"吞吞叫道，"而且它不会让我身上变得黏糊糊的，是吧？蚂蚁也不喜欢醋吧？"

"没错，这个一点都不会黏糊糊的，而且蚂蚁也不喜欢。用了这个，你去怪兽舞会的时候身上不仅不会发霉，还会像薄荷棒棒糖一样香喷喷的！"

吞吞一把搂住了我，给了我一个大大的、毛茸茸的怪兽抱抱。而我只是笑个不停，终于找到了一个能解决问题的好办法，我实在是太高兴了。

吞吞把醋瓶子抱在胸前，露出一个大大的微笑："谢谢你，佐伊。这对我来说真的太重要了。"

能帮助吞吞也让我非常激动。我甚至有点想去怪兽舞会，想去看看舞会上的吞吞和他的朋友们。

这让我突然想起了一件事：照相机！没准儿吞吞可以替我在那里拍张照片呢。虽然不如我自己去有意思，但是每次给魔法动物拍过照片，他们的魔法都会留在照片里。所以，对于我来说，能拥有这样一张照片也就像拥有了舞会的一小部分。

"哎，吞吞，趁你还没回家，我能请你帮个忙吗？你愿不愿意带着我的照相机去怪兽舞会，在那儿拍一张照片？然后你能再过来跟我讲讲舞会上的事情吗？"

赶在他开口答应或者拒绝之前，我先跑回谷仓里，拿出了我的科学笔记和照相机，给他演示了一下照相机是怎么用的，又给他看了看照片是什么东西。

吞吞用一只手小心翼翼地拿起照相机,仔细看了看:"我会把你的机器带到舞会上去的,然后,尽量给你拍一张照片。"

第十三章

怪兽舞会照片

　　我在沙盒里引爆了一座堆在沙子里的小火山,萨萨就躲在沙盒边上看着。听说我们成功帮助了吞吞,妈妈特意去了一趟商店,补充了一下家里醋的库存。我在沙子下面埋了一个装着小苏打的塑料瓶,确认只有瓶口露在沙堆外面之后,我又伸手去拿散发着薄荷香味的醋。这个味道让我想起了吞吞。

　　今天是星期五,吞吞之前说过怪兽舞会是

星期四举行。我希望他去参加了舞会，并且能玩得开心。

我把醋倒进塑料瓶里。雪白的泡泡开始顺着"火山"的一侧流了下来，有一点沾到了萨

萨的爪子上。他往后跳了一步，拼命甩着爪子，想把泡泡弄掉。

"哎哟，萨萨！"我被他逗得笑个不停。

可是爪子甩到一半的萨萨突然愣住了，他咕噜咕噜地朝着森林的方向跑了过去。

我也站了起来。会是吞吞来了吗？

我跟着萨萨跑了过去，发现他果然守在吞吞脚边，又一次用喜爱的眼神盯着这个大块头的怪兽。

吞吞看起来有点害怕，看到我走过来才放心了一些。他露出了微笑，一只手拿出了我的照相机和一张照片，另一只手却藏在背后。

我简直等不及要看看怪兽舞会的照片啦！于是我连忙跑了过去，给了吞吞一个大大的拥抱。

"佐伊！谢谢你帮我解决了发霉的问题，我在怪兽舞会上玩得可开心了。你看这个！"

吞吞把照片递给我，照片上的他打着个漂

亮的领结，左右各搂着一个怪兽朋友，三只怪兽都笑得非常开心。实际上……我想，我能听见他们的笑声。我把耳朵凑得离照片更近了一点，果然听见里面传来一阵阵洪亮的笑声，我也忍不住咧开嘴巴笑了起来。

"我不但能从照片上看见你玩得很开心，还能听见笑声呢！"我把照片放到吞吞耳朵边上。

"哇哦哦哦哦哦哦！"

我又指了指照片背景里的蛋糕："舞会上还有蛋糕呢？"

"是呀！那是我姑妈最拿手的肉虫碎泥巴蛋糕，可好吃了。"

听到肉虫碎的时候，我觉得自己的胃翻腾了一下。"哦，呃，一定很好吃。"我勉强挤出了这么一句。

"我应该给你留一块的！"吞吞遗憾地摇了摇头，"不过我给你带了这个。"他把藏在背后的那只手拿了出来，原来他拿着的是一大把绿棕相间的杂草，上面还点缀着几根沾满泥巴的草根。

我盯着那一团看了一会儿，不知道该拿它怎么办。

吞吞又把杂草往我面前送了送："这是给你的花束，佐伊！"

原来是这样！我笑着接过了那把杂草做

的"花束":"真是太感谢你了,吞吞!你什么都不用给我带的。你能去怪兽舞会我就很高兴了!"

"我也很高兴啊。而且你知道最好玩的是什么吗?大家都在问我之前为什么没去参加舞会,我说了皮毛发霉的事,结果大家都说他们根本不会在乎这点小事。原来我从一开始就根本没必要担心呀。但是我必须要说,身上不发霉的感觉真是太好了,而且我现在闻起来还很香呢!"

我使劲儿闻闻面前的空气,果然闻到了一丝薄荷棒棒糖的甜香味。"确实很香!"

吞吞回过头去看了看:"不好意思,我不能在这里待太长时间。我和朋友们约好了,一会儿还要一起去抓火蝾螈呢。"

"希望你以后还能经常来看看。我们很乐意随时给你做保护皮毛用的薄荷醋。"

吞吞最后拥抱了我一下,又伸出一根手指,弯下腰小心地在萨萨头上点了一下。

萨萨开心得咕噜震天响。吞吞不自然地笑了笑,对我们挥手告别,就回森林里找怪兽朋友们玩去了。

我和萨萨回了家,我找出了一个花瓶,往里面装满水,准备尽量把那把杂草插得好看一些——至少是杂草能插出来的那种好看吧。

爸爸刚好走进厨房，看见我往花瓶里插着草，他忍不住挑起了一边的眉毛。

"这是朋友送我的花束。"我对他解释说。

"佐伊，你这个朋友也有点奇怪，花束不应该是用花做的吗？"

我大笑着点了点头。

我把插好的"花束"拿回自己的房间，把它放在桌上，挨着我的科学笔记。萨萨跳上书桌，用爪子翻着科学笔记，一直翻到贴着吞吞照片的那一页。他一边大声地咕噜，一边用脸蹭着照片，甚至在照片上滴了一小滴口水。

"哎哟，萨萨！这多恶心呀！"我连忙把

笔记翻开新的一页,好让照片别再沾上小猫的口水。

  抱着萨萨走出房间之前,我又回过头看了一眼桌上摊开的笔记。看着它,我忍不住露出了笑脸,不知道下一个与我们相遇的魔法动物朋友会是什么。

术语表

结论：通过实验能够得到的结果（希望你能得到问题的答案，不过有时候也不一定）。

实验：为了解答疑问要做的事情。

推论：根据事实猜想实验中会发生的事情。

实验材料：做实验需要的东西。

霉菌：一种看起来毛茸茸的真菌，它们会分解（也就是吃掉）死了的东西。

防腐剂：能阻止霉菌生长的东西。

实验步骤：做实验的时候具体要做什么（并且一步接一步来做）。

结果：问题的答案。

图书在版编目（CIP）数据

怪兽与霉菌 /（美）爱莎·西特洛著；（美）玛丽安·林赛绘；夏高娃译. — 北京：北京联合出版公司，2021.10
（佐伊总是有办法：给孩子的第一套科学实验故事书）
ISBN 978-7-5596-5134-1

Ⅰ.①怪… Ⅱ.①爱… ②玛… ③夏… Ⅲ.①儿童故事 – 图画故事 – 美国 – 现代 Ⅳ.①I712.85

中国版本图书馆CIP数据核字（2021）第057875号

Monsters and Mold
Text copyright 2017 by Asia Citro
Illustrations copyright 2017 by Marion Lindsay
This edition arranged with Kaplan/Defiore Rights
through Andrew Nurnberg Associates International Limited

怪兽与霉菌

佐伊总是有办法：给孩子的第一套科学实验故事书

作　　者：（美）爱莎·西特洛	绘　　者：（美）玛丽安·林赛
译　　者：夏高娃	出 品 人：赵红仕
产品经理：于海娣	版权支持：张　婧
责任编辑：徐　樟	特约编辑：丛龙艳
装帧设计：人马艺术设计·储平	内文制作：任尚洁

北京联合出版公司出版
（北京市西城区德外大街83号楼9层　100088）
北京联合天畅文化传播公司发行
天津中印联印务有限公司印刷　新华书店经销
字数 210千字　787毫米×1092毫米　1/32　19.75印张
2021年10月第1版　2021年10月第1次印刷
ISBN 978-7-5596-5134-1
定价：136.00元（全6册）

版权所有，侵权必究
未经许可，不得以任何方式复制或抄袭本书部分或全部内容
如发现图书质量问题，可联系调换。质量投诉电话：010-88843286/64258472-800

"Those who don't believe in magic will never find it." Roald Dahl

ZOEY
AND Sassafras
佐伊总是有办法

水马与肥皂泡
Merhorses and Bubbles

Story By Asia Citro
Pictures By Marion Lindsay

[美]爱莎·西特洛—著 [美]玛丽安·林赛—绘

夏高娃—译

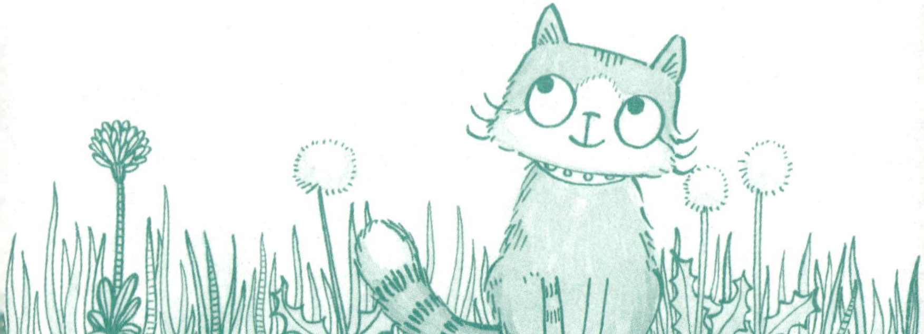

目录

序章		1
第一章	水下观测镜	2
第二章	溪流小虫	8
第三章	小溪的大问题	17
第四章	溪水测试	22
第五章	魔法门铃	29
第六章	寻找小水马	40
第七章	水马的求助	45
第八章	萨萨去哪儿了？	51
第九章	进城去	61

第十章	你们得停下来！	65
第十一章	一起涂标语	73
第十二章	魔法礼物	80
第十三章	房间里的彩虹	90

术语表　　　　　　　　　　　　　　　　95

序章

最近几天，我和小猫萨萨总是焦急地盼着谷仓后门的门铃赶快响起来。我知道许多人都会因为门铃响起来而开心，因为这可能表示快递员送来了装着礼物的包裹，或者一个朋友来玩了。不过，还是我们家的门铃更令人兴奋，因为它是魔法门铃！每当门铃响起，就意味着有一只需要帮助的魔法动物出现在我家谷仓外面。我的妈妈从小到大一直在帮助这些动物。而现在我也开始帮助他们啦……

第一章

水下观测镜

窗外掠过的一片影子吸引了我的注意力,我跑到窗边向外张望。那难道是……不,只不过是一只乌鸦而已。我叹了口气。

我们的龙宝宝朋友棉花糖在几个星期前就回到森林里去了。不过我很希望他能尽快回来看看我们。多快都不嫌快,越快越好。

我又叹了口气,一只手按着一截粗粗的管子在餐桌上滚着,眼睛却还看着天上,寻找着棉花糖的身影。万一他出现了呢?

"哎哟！你挠到我的手啦！"我喊了一声。

萨萨一直热切地盯着那截滚来滚去的管子，他可能以为这截管子是活的吧。他伸出爪子去挠，结果针一样尖的猫爪却落在我倒霉的手上了。

"你就不应该在桌上待着，你这个小讨厌。"我一边说，一边把他抱下来放到我腿上。

"喵！"萨萨叫了一声作为抗议，他偷偷把一只爪子放到桌上，接着又悄悄放上另一只，还往上瞟着看我有没有注意到。

我当然注意到了他的小把戏，不过我还是决定让他留在这边看着。"再等一会儿，萨萨，咱们马上就去小溪边。用我这只水下观测镜，就能清清楚楚地看见水底的虫子。有了它，我就是小溪里最棒的虫虫猎手啦！"

哎，我从厨房拿的这块保鲜膜居然不够大，没法把管子的一端完全包住。我抱起萨萨，把他放在我的椅子上，又拍了拍他的脑袋："我马上回来，然后咱们就可以出发啦！"

我从厨房抽屉里又扯出一段保鲜膜，突然听见餐厅里传来一阵哀嚎："喵嗷嗷嗷嗷嗷嗷！"

我摇了摇头，这只傻猫！我到餐厅看了一眼，可是到处看不到萨萨。

咚！

我又看了看地上，有什么东西动了一下。做水下观测镜用的管子现在跑到了桌子底下。怎么掉到那里了？我弯腰想把它捡起来，结果管子却自己向我转了过去，我家小猫正透过管子看着我呢。

"哎哟，萨萨，不应该把脑袋整个塞进管子里！只要透过它看就好啦。"我轻轻摇晃着那截塑料管，把它从萨萨毛茸茸的脑袋上摘了下来。他发出咕噜咕噜的声响，终于重获自由的脑袋在我身上蹭来蹭去。

"不客气，小傻瓜。"我揉搓着他的毛说道，"从现在开始，就让我来拿着这只观测镜吧？你说呢？"

萨萨喵了一声表示同意。

我们重新在餐桌边坐下，我又动起手来。之前妈妈把一只塑料罐子的底部切了下来，给我做了一只足够大的塑料观测管（当然，这个大小也刚好能让我家小猫把脑袋卡在里面）。

我小心翼翼地用保鲜膜平整地封住管子一端，又用三根橡皮筋勒住，把端口密封好。

好啦！我的观测镜做好了。现在只要把它拿到溪水里去就好了。

我拿好所有东西，正准备出发，突然听

见窗外的树丛里传来了沙沙的响声。我又跑到窗外，希望来的是我们的怪兽朋友吞吞。可惜这一次来的只是一只松鼠。我叹了口气，也许我还是应该待在家里？万一魔法门铃响了呢？

萨萨用脑袋撞了撞我的腿，不耐烦地喵喵叫着。

萨萨是对的，在这里干等着也不会让魔法动物立刻上门。何况我更有可能在森林里遇上吞吞。在小溪那边我也可以继续注意天空的情况，而且那儿的视野更好。我终于下定了决心。

"妈妈！爸爸！"我大声喊道，"我现在准备和萨萨去小溪边上玩一会儿！"

"好的！"妈妈也喊着回答，"可是别忘了，叫你回来吃午饭的时候可不要耍赖！"

"谁？我才不会呢！"我咯咯笑着跑向门外。

第二章

溪流小虫

萨萨紧紧跟在我身后,对我喵喵叫着。之前跟他说了那么多关于抓虫子的事,今天我们终于要去小溪边了,我能看出来他特别兴奋。

"如果你保证不吃它们,我就把我最喜欢的几种虫子给你看看。"我对萨萨说。

萨萨歪了歪头,好像在考虑我的提议。我是真的希望他能抵挡住诱惑,不要把那些可怜的溪流小虫一口吞掉。他只要看见虫子,就会激动得连尾巴都哆嗦起来。他总是想吃掉这些小可怜，而我总得想办法把它们从猫嘴里救出来！

"你一会儿就能看见了，萨萨，它们很小很小的鳃会在水里飞快地扇动，就像蜂鸟的翅膀一样。看起来可酷啦！蜉蝣宝宝身子两侧各有七排这样的鳃呢。它们在水里游来游去，从水中捉小小的气泡。"我深呼吸了一下，"虽然我觉得长着肺挺好的，不过有时候我希望自己有鳃，这样我就可以在水下生活了。你觉得呢？"

萨萨的眼睛也瞪圆了，他可能想象着生活在水下能吃到多少虫子吧。

到达小溪边后，我把所有东西放在溪边的沙滩上。今天是个暖洋洋的好天气，正适合到小溪里观察昆虫。在阳光的照耀下，溪水细细的波纹一闪一闪的。等一下，水里是不是有一小段反射出彩虹似的光芒？我走近了几步，眯着眼睛仔细看了看，可是那段

"彩虹"又不见了。

"哼,我今天可能是太想看到有魔法的东西啦,甚至出现幻觉了!"我对萨萨说。他抬头看了看我,眨了眨眼睛。

我又看了一眼,但是溪水似乎恢复正常了。我耸了耸肩,脱下鞋子,卷起裤腿,拿起我的水下观测镜。

"是看虫虫的时间喽!"我一边欢呼着,一边大步走进小溪里。

萨萨一定是满脑子都想着抓虫子的事情,因为他居然跟在我身后,直到前爪碰到溪水才反应过来,他连忙蹦到一边,疯狂地甩着爪子。他紧紧地闭着眼睛,耳朵也贴着脑袋,转着圈地蹦来蹦去。他这副怪样逗得我哈哈大笑。萨萨可讨厌把身上弄湿了,甚至对吃虫子的兴趣都不能让他忍受这一点。

萨萨爬到附近一棵小树上,怒气冲冲地看着我。

我拿出从家里带来的一个小盆，往里面灌了一点溪水。"我要把蜉蝣宝宝放到这里，萨萨，这样我就能把它拿到岸上给你看了。不过，你可别忘了，千万不许吃它们！"

我把观测镜上封了塑料膜那一头伸进水里，透过管子观察着水里。我能清楚地看到小溪的水底。哇噢，一块石头像萨萨的脑袋一样大，至少得有五六只虫子藏在它底下。于是我把那块石头翻了过来，看见了……居

然什么都没有？

真奇怪。对于溪流里的虫子来说，这样的大石头是完美的藏身处！我耸耸肩，用观测镜又找到一块大石头，把它翻开，下面还是没有虫子。

"这是怎么啦？"我轻轻念叨着。我一块石头接一块石头地检查了一遍，可是连一只蜉

蜉蝣宝宝都没看见。不过我倒是找到了不少藻类。它们凉凉滑滑的，我得时不时抖抖手指把它甩掉。我还发现不少像肉虫一样的东西从石头底下冒出来。我稍微戳了戳它们，但是它们不像那些扑扇着鳃的蜉蝣宝宝有意思。

"萨萨，你觉得有可能是所有蜉蝣宝宝突然都长大了吗？"我抬头问道，"蜉蝣的一生是从卵开始的。这些卵在水下孵化，孵出来的蜉蝣宝宝会在水里生活很长时间，直到它们长得够大了，可以蜕皮为止。"

说到这里，我忍不住哆嗦了一下，蜕皮之类的事总是让我觉得很可怕。

"它们会在靠近水面的地方蜕掉那层皮，从水里爬出来的时候，它们就会'砰'的一下长出翅膀来。没准儿这次是所有蜉蝣一起这么干了。"

我又到处看了看，也没看见一只小飞虫。成年的蜉蝣只能活一天左右。这实在是太不公平了,如果我一辈子都生活在水下,结果有一天醒来突然发现自己长了翅膀,那我肯定会想要多飞几天的。

"好吧,好吧,可能所有蜉蝣宝宝都飞走了。我给你找个毛翅蝇宝宝吧,萨萨,它们也是很酷的。你看不见它们的鳃,它们会

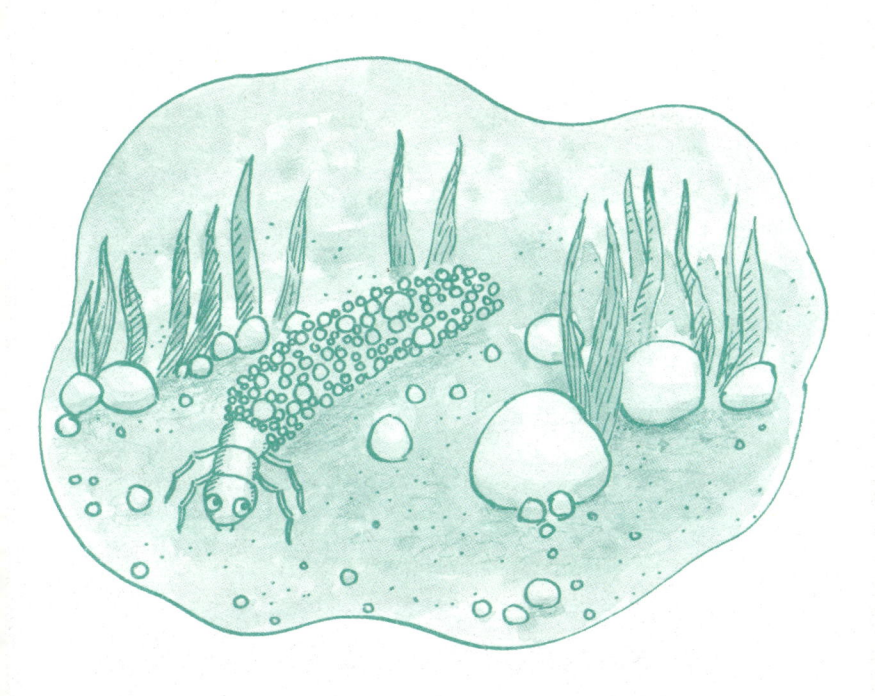

用石子儿、泥巴、小树枝和树叶在背上给自己搭个巢躲在里面,就像寄居蟹躲在它们背着的螺壳里一样。"

  我的话一定让萨萨很好奇,他从树上跳了下来,走到小溪边上看着我。这一次我用水下观测镜从小溪水面一直看到水底,可是不管我怎么找,都找不到毛翅蝇宝宝。难道我今天的运气就这么不好吗?

我又把一些藻类从手上甩了下去。"唉，我放弃啦！"我一边气呼呼地说着，一边蹚着水走到岸上，在萨萨身旁坐下。萨萨蹭了蹭我的胳膊。我们两个都有点失望。我猜，今天是没有虫子玩了。

萨萨的耳朵突然向家的方向转了过去，他喵喵地叫了一声，开始顺着小路慢慢往家走。我掏了掏耳朵，隐约听见了妈妈喊我的声音。啊，原来是吃午饭的时候到了。

我穿好鞋袜，似乎又在小溪的另一边看见了那种彩虹一样的微光。我走近了一步，那微光又消失了。妈妈还在远处叫我，我最后盯着水面看了一会儿，可是只能看见正常的水光。我耸了耸肩膀，可能只是我看花了眼吧。

唉，今天小溪里可真是一点好玩的东西都没有。我垂头丧气地回了家。好好的一个上午就这么泡汤了。

第三章

小溪的大问题

妈妈和爸爸在厨房里准备午餐,我在桌边拉了张椅子,皱着眉头坐了下来。

"怎么了,佐伊?你在小溪边玩得不开心吗?"爸爸坐到了我身边。

我摇了摇头:"我找了又找,可是哪里都找不到那些虫子宝宝。"

"你是想说若虫吗?"妈妈回过头来问道。

"啊，对！"我总是记不住"若虫"这个词，"是呀，我既没看见蜉蝣若虫，也没找到毛翅蝇若虫。说真的，我可擅长在水里找虫子了，我还做了个水下观测镜呢！我猜，它们可能是同时长大飞走了。"

我深深地叹了口气。

妈妈停下了手上的工作,坐到我和爸爸身边。我在椅子上坐直了一点。

"不,它们不会同时变成成虫的,"妈妈说,"这也是为什么我们之前去的时候总是能看到大小不同的若虫。新孵化出来的很小,快要长成成虫的又很大。你看见其他什么不寻常

的东西了吗？比如很多藻类什么的？"

我在裤子上搓了搓手，仔细想了想，说："对，确实有很多又黏又凉的藻类。它们老是粘在我手上。"

妈妈和爸爸对视了一眼。他们怎么突然严肃起来了？

接着，妈妈对我说道："宝贝，你现在应该去好好洗一洗你的手和脚。"

"连脚也要洗吗？"我抱怨起来，因为我的肚子已经咕噜咕噜叫了，"我能不能吃完饭再去洗？为什么非现在去洗不可呢？"

"你还记得妈妈跟你说过的，为什么咱们这条小溪里有那么多蜉蝣和毛翅蝇的若虫吗？"爸爸问。

我点了点头："记得呀，那是因为咱们的小溪非常干净。蜉蝣和毛翅蝇宝宝是非常脆弱的。它们只能在没有被讨厌的化学物质污染过的水里生存。"说到这里，我的眼睛突然瞪大了，因为我明白爸爸想说的是什么了，"不会吧，咱们的小溪难道被污染了吗？难道那些虫子宝宝全都死掉了？"

爸爸耸了耸肩："现在还不好说，但是这个情况听起来不妙。"

"吃过午饭，你和萨萨可以去取一点水样过来，"妈妈说，"咱们可以拿它们测试一下。不过现在你应该去好好洗一洗。"

我连忙去洗干净了手和脚，再也没有抱怨。用肥皂仔细搓着手的时候，我实在是担心极了。如果我们美丽的小溪真的生病了，那该怎么办？

第四章

溪水测试

伤心而安静地吃完一顿午饭之后,我和萨萨一起回到小溪边,还带上了取样用的杯子和我的科学笔记。到了那里,我摊开科学笔记写了起来:

问题:
我们的小溪被污染了吗?

观察：

没有蜉蝣宝宝。

没有毛翅蝇宝宝。☹

写完之后，我弯腰用杯子盛了一些溪水。这一次我格外小心，没让溪水沾到我的手和脚上。然后，我把科学笔记夹在胳膊下面，带着萨萨直接回了家。

爸爸和妈妈都在书房里，我把从小溪里取来的水样给了妈妈。

"谢谢你，宝贝。你想留下来给我帮忙吗？"

我立刻冲到妈妈身边。能帮上她的忙让我很兴奋，不过我也有点害怕实验会测出什么不好的结果。我非常担心溪水里的那些小虫子，就像我之前担心魔法动物一样。而且一想到魔法动物，我就又开始担心被污染的溪水会伤害他们了！

"溪水还有可能并没有被污染吧，是不是，妈妈？"

"是的，我们只有做过测试才能知道。"妈妈把成套的试管和小药片放到橱柜上，而我就在一边看着她准备这些实验用具。每次妈妈让我用真正的科学家也会用的工具，我就会特别开心。

工具里有一些不同颜色的小方块塑料片，亮闪闪的，我用手指戳了戳其中一片，妈妈低下头对我说："我们测试这些水样的时候要用到化学物质，所以你要用什么来保护眼睛呢？"

"我的动脑筋护目镜！"我跑回房间，抓起了那副给我带来好运气的护目镜，飞跑回去帮妈妈的忙。一般来说，我会把动脑筋护目镜顶在头上，让它离我的脑子更近，这样

我就能想出好主意来了。但是这一次我还是把它当普通的护目镜来用——把它搭在鼻梁上保护眼睛。

妈妈打开一支装满小纸条的试管："咱们先测一测pH值。你戴上手套，把一部分溪水倒进这支空试管里。然后把一张试纸放进去观察。大约一分钟后这张试纸就会变色。一旦颜色停止变化，你就可以把它拿出来，和这块板

子上的色块进行比对了。"

我全部照做了,又花了一分钟左右把纸条的颜色和色板对比。"我确定这个颜色和10号一样,这是什么意思呢,妈妈?"

爸爸忧郁地摇了摇头。

"这说明咱们的小溪里的确有什么东西,"妈妈说,"正常溪水的数值应该是7左右。污染可能会让这个数值变得特别高或者特别低，这取决于污染物质具体是什么。不过，这也是一条线索，现在咱们知道排放到溪水里的是pH值很高的物质。咱们再做几个实验，看看能不能猜出来到底是哪一种污染物。"

她又拿出一支新的试管，这一次她让我把药片放进去，然后尽量摇匀。试管里清澈的溪水很快就变成了漂亮的蓝色。可是这个颜色让妈妈和爸爸都皱起了眉头。

"磷酸盐检测结果呈阳性。"妈妈对爸爸说，然后她又转向了我，"这个结果明确地揭示了你为什么没看到蜉蝣或者毛翅蝇若虫。我猜，可能是肥皂或者洗涤剂之类的东西被排放到咱们的小溪里了。"

我放下试管，皱着眉头在科学笔记上写了下来：

数值：
PH值=10，我们的小溪里肯定有不好的东西。

药片实验结果：
我们的小溪里有肥皂一类的东西。

结论：
我们的小溪被污染了。☹

门铃刚好在这时候响了，不是普通的门铃，而是谷仓里的魔法门铃。

第五章

魔法门铃

我和妈妈看了彼此一眼,愣住了。

"是你手机上的备忘录闹铃吗?"爸爸问。

"啊,应该是吧。"妈妈答道。

那个门铃响了,就说明有魔法动物需要我们的帮助。可是爸爸看不见他们,对他来说,门外好像什么都没有。这可有点麻烦了。

我又看了看妈妈,对着她扬了扬眉毛。

"佐伊,我好像把什么东西忘在谷仓里

了。"妈妈也对着我扬了扬眉毛。

"啊，对，是有个东西，"我说，"我和萨萨去帮你拿过来吧。"

说完，我和萨萨就立刻跑了出去，穿过谷仓直奔后门。

我一把拉开后门，左右看了看，我的肩膀沮丧地垂了下去：外面什么都没有。

我又低头看了看，却被看到的东西惊得跳了起来。一只青蛙像人一样用两条腿站在草丛里，他从头到脚都是亮闪闪的紫色，还长满荧光色的斑点。

这难道……难道是妈妈给我讲的故事里那只会说话的青蛙？

萨萨挤到我面前，他闭上眼睛，轻柔地用脑袋撞了撞那只青蛙。

青蛙伸出一只长着蹼的小手，拍了拍萨萨的鼻子："你好啊，老朋友！"

萨萨立刻开心地咕噜起来。

"皮皮！真的是你吗？"我尖叫着问道。

青蛙抬头看了看我："你能看见我……而且你知道我的名字？你是谁？"

自从在妈妈的书房里看见皮皮的照片，我就一直很想见见他。我把所有想说的话都一口气说了出来："你好啊！皮皮！我叫佐伊。我想，你本来希望开门的会是我妈妈吧？不过我也能看到你。我已经开始和妈妈一起帮助魔法动物了，你受伤了吗？你遇到什么麻烦了吗？"

"哎哟，咱们一件一件地说啊。首先，你好啊，佐伊，很高兴认识你。我的确是想找你妈妈，不过找到你也是可以的。"说到这里，皮皮深深地吸了口气，脸上的表情严肃起来，"咱们那条小溪里的小水马遇到了麻烦，而且我们不知道到底是怎么回事。"

皮皮越说越快了："他们的皮肤和眼睛很疼，而且找不到食物。他们一般来说是吃夫游的，可是现在哪里都找不到夫游了。"

"你是说蜉蝣吗?"

"对对对!他们说水里现在找不到呼蝣了。"

他停下来想了一小会儿,挠了挠头:"说实话,我不太明白他们这话是什么意思,我可不知道水里还有这种飞虫。"

"是这样的,蜉蝣还是宝宝的时候是生活在水里的,"我说,"它们小时候还有鳃呢,长大了才会变成飞虫。"

"哦,好吧,不过,不管怎么说,肯定有不好的事情发生了,因为所有蜉蝣都消失了!"

"我今天早些时候到小溪边的时候也发现了,"我说,"我和妈妈刚刚用溪水做完实验。我有个坏消息要告诉你:溪水被污染了。"

"这可不好!"皮皮说,用两只长蹼的小手捂住两边的脸颊,"我得马上见见你的妈妈!"

然后皮皮突然跳到了我的脑袋上!

"啊,这样就好多了。你们人类真有用,上面的风景可太好啦。你还在等什么呢?快带我去找她吧!"

我用最快的速度走回家里——至少是在头上顶着青蛙,脚边还有一只紧张的小猫绕来绕去的情况下最快的速度。打开家门时,我有点担心爸爸在的话要怎么办。他看不见魔法动物,我们该怎么跟皮皮说话呢?我是不是应该多等一会儿?

"佐伊?"妈妈在办公室里喊道,"你找到那个东西了吗?"

哎哟,现在可没时间折回去啦。他们已经

听见我进门的声音了。于是我清了清嗓子说:"是呀,我确实找到了一点东西。"

我从角落里转了出来,妈妈一看到我,就吃惊得张大了嘴巴。

"是你吗,皮皮?"她问道。

"你把那个假装有青蛙的游戏也教给佐伊

啦?"爸爸问,"这样的话,我就可以带着我自己的虚拟青蛙去准备点零食,你们两个就先自己玩吧。"

爸爸伸出一只手,对着空空的手心说道:"你好啊,咚咚!现在是下午茶时间,你愿意来给我帮帮忙吗?可以?多谢啦!"他又把耳朵凑了过去,"没问题,咚咚!咱们当然可以给你和你的朋友皮皮做点死苍蝇三明治了。"

皮皮在我头顶上生气地喊道:"我才不吃死虫子呢,多恶心!"

我和妈妈拼命地咬着嘴唇才没笑出来。

透过皮皮大喊大叫的抱怨声,我们勉强听见爸爸说:"我和咚咚就先去厨房了,那你们三个……啊,我是说四个……一会儿会过来吗?"

妈妈清了清嗓子:"我们先把这里收拾一

下，然后就去找你。"

爸爸点了点头，他离开的时候还小心翼翼地托着手里的空气。

妈妈转身看向皮皮。皮皮已经跳到妈妈的办公桌上，双臂交叉着看着我们。

"唉，"皮皮叹了口气，"我还以为他就不走了呢。咚咚？这是什么破名字？"

"见到你可真高兴，皮皮。"妈妈说，温柔地亲了亲他的脑门。

"我也很高兴见到你，"皮皮说，"可是咱

们得赶紧行动。"

妈妈皱起了眉头:"我是希望你能来看看的。森林里有什么麻烦吗?"

皮皮来回挥着胳膊:"那些小水马有麻烦了。他们的皮肤和鳞片上到处长满了小红点,呼吸困难,眼睛很疼,还没办法找到足够的食物。佐伊说那是因为小溪被污染了。"

妈妈吃惊地用手捂住嘴巴:"可不是嘛,小溪里的其他动物一定难受极了,当然也包括那些魔法动物。小水马可真是太可怜了!"

看着妈妈这么难过,我觉得自己也很难受。我们应该怎么做才好呢?

第六章

寻找小水马

  我和妈妈匆匆忙忙地吃完了爸爸和"咚咚"准备的点心,坐在我脑袋上的皮皮一直烦躁不安,让人很难集中注意力。

  "我觉得我应该和佐伊一起回小溪边一趟,"妈妈说,"我想看看能不能找到污染源在哪里。"

  "那当然好,"爸爸说,"我也和你们一起去吧,三双眼睛总比两双更有用,对不对?"

我和妈妈担心地对视了一眼。皮皮想带我们去找小水马，这样我们就能亲自跟他们谈一谈了。可是，如果爸爸也在的话，那要怎么办呢？在他看来又要变成我们对着空气讲话了。我们刚才跟皮皮说过话，再来这么一回爸爸可能会受不了的。

　　妈妈的眼睛突然一亮："太好啦！那咱们两个去上游看看怎么样？佐伊去下游，最后咱们在小溪中游集合？"

　　妈妈的计划得到了大家的一致赞成。我们一起向小溪边走去，只不过这一次我头上还顶着一只盘腿坐着的青蛙。

　　顺着小路走到小溪边之后，爸爸妈妈往上游的方向去了，而我停下来脱掉了鞋袜，卷起了裤腿。

　　"水马就住在那边，咱们快走吧！"皮皮一边说，一边紧张地扭动着。

　　我把他从我的脑袋上拿了下来。

"嘿！"皮皮噘起了嘴巴。

"你坐在我头上的话，我就看不见你在指哪里了。"我轻声说，"来，你还是坐在我肩膀上吧。"

"水马就住在那边。"他重复了一遍，这一次我能看见他指着哪里了。原来就在小溪的另一边——我早上找虫子的地方。等一下，那不就是我看见神秘的彩虹光芒的地方吗？看来当时并不是我看花了眼呀！

我飞快地拍了拍萨萨，然后小心翼翼地蹚过小溪，而皮皮就坐在我的肩膀上。

"咱们得走到那根原木边上去，"皮皮给我指着路，"你可以在那边的岸上坐一会儿，我游到水底去把水马叫出来。"

"从哪里叫出来呢？"我问。

"当然是从他们的彩虹洞啦。"皮皮答道。

"彩虹洞？"我惊叹起来。

"啊，对了，你从来没有见过水马呀！"

皮皮用手拍了拍脑门,"是的,他们生活在小溪深处,藏在用彩虹石子搭成的洞穴里。"

"等一下,你是说咱们这条小溪里有彩虹石子吗?"这个念头让我的心跳得更快了。

"这个嘛,既有也没有,"皮皮说,"如果你说的是石子的话,那么当然到处都有了。一旦找到形状和大小都合适的石子,水马就会把它带回洞穴,用魔法让它们以彩虹的光芒闪闪发光。"

"他们的洞穴听起来真神奇,"我向往地说道,"所以他们才要藏在水底吧。如果这些石洞离水面太近的话,浣熊之类的动物很快就能顺着发光的地方找到他们的。"

"是这样的,"皮皮说,"作为人类,你真的很聪明,让我想起你妈妈像你这么大的时候了。好了,咱们到啦,找的就是这根原木。"

我在岸边的沙滩上跪了下来,皮皮从我的肩膀上扑通一声跳进水里,在原木那边消失了。我低下头,把脸凑近水面往里看。如果我的脑袋角度合适的话,就能隐约看到几束七彩光芒从水底冒出来。

要是把水下观测镜带来就好了。下次一定带!我对自己说。

皮皮从水底游了上来,他身后似乎还跟着什么东西。

第七章

水马的求助

跟在皮皮身后的动物个子小小的,它的前半身看起来就像一身浅灰色皮毛的微型马,两只小小的马蹄踩着水,雪白的马鬃在水中飘荡。而他肚脐以下的部分就变成了鱼的身子,上面长满了墨绿色的鳞片,强壮的鱼一样的尾巴在身体游动的时候上下摆动。他身上的颜色可以很好地融入溪流的环境,所以我怀疑单凭自己能否辨认出来。

我把双手探进水中,敬畏地看着他优雅地向我游过来。皮皮钻出水面,爬到我的手腕上,小水马也游进了我的手掌心。我把他从水里捧了出来,想要凑近点仔细看看。

"喂!你在干什么呀!"皮皮紧张地喊了起来,"水马离开水就不能呼吸了!"

"哦!"我连忙把手放回小溪里。等他回到水里,我才看

见小水马脖子上的皮毛后面藏着一些细小的开口,它们随着水流开开合合的。果然是这样!水马是有鳃的!

我凑近水面对他说道:"真是太对不起了!我不知道你们是靠鳃呼吸的。我不会再把你们从水里拿出来啦。"

水马动了动嘴巴,好像在说着什么,可是我只听到一些细小又奇怪的声音。我只好向皮皮求助。

"哦,对啦,你不会说

水马话嘛,我来给你们翻译。"

皮皮用手擦干紫色皮肤上的水珠,清了清嗓子,开始翻译起来:"他说:'亲爱的人类小姑娘,感谢你来帮助我和我的水马同胞。我们担心这条小溪出了严重的问题。'"

小水马又说了些什么,我看了看皮皮。

皮皮继续翻译:"'好几天以前,我们突然

觉得皮毛和鳞片上热辣辣的,又疼又痒。我们的眼睛也感到刺痛,呼吸起来也很难受。这种糟糕的情况一直持续到第二天。几天过后,我们发现蜉蝣越来越难找了。又过了一段时间,我们的眼睛似乎好了一些,可是今天早上又开始疼啦。'"

嗯……我还不能肯定,不过从水马的话来看,似乎污染在周末更严重一点。这可能是一条线索!

"这真是让人难过,"我凑近小水马说,"我也在小溪里找不到蜉蝣若虫。我和爸爸妈妈一起对溪水做了些测试,发现可能有人往小溪里倒了肥皂水。"

水马又说了几句话。皮皮听着,震惊地用手捂住了嘴巴,喘着粗气。

我心里一紧:"他说了什么,皮皮?"

皮皮凝视着我的双眼说道:"他说:'你能找到是什么人在这样做吗?你能想办法让他们

停下来吗？拜托！如果这里的情况没有好转的话，我担心我们可能会饿死的。我不知道我们还能在这里撑多少天。'"

我的心里难受极了。我们可不能失去这些小水马呀！"我们会找到让溪水变回原样的办法的，一定会的。我们一搞明白发生了什么，就尽快回来告诉你们。"

我们得救救这些小水马，必须马上行动起来！

第八章

萨萨去哪儿了？

皮皮再次坐到我的肩膀上，我蹚着水回到小溪的另一边。我们一靠岸，皮皮就立刻跳了下去。

"我真的很担心那些可怜的小水马，佐伊！他们在挨饿呢！我找不到呼蜥，不过森林里应该有人能找到他们能吃的东西。我过一会儿再来找你，怎么样？"

我松了一大口气:"这可真是个好主意,皮皮。他们肯定需要吃东西。你这就去忙这件事吧,我去搞明白污染是从哪里来的。"

皮皮一蹦一跳地回森林里去了。我摊开科学笔记,把自己的发现都写了上去。

问题:

小溪里的污染是从哪里来的?

观察:

似乎只有周末才会有人往小溪里倒肥皂水。

污染大概是一个星期前开始的。

我抬起头，刚好看见爸爸和妈妈向我走过来，可是到处看不到萨萨。他可能是害怕溪水沾到他身上，所以又躲到哪棵树上去了吧。

"萨萨？"我喊了起来，"萨萨！"

这只猫跑到哪里去了？

爸爸和妈妈也跟我一起喊了起来："萨萨！"

最后我们才听见从很远的地方传来了一声"喵——"！

"萨萨跑到那么远的地方干什么？"我问道。我们三个朝萨萨的声音传来的方向走去。每走上几米，我们就停下来喊一声"萨萨！"，而他每次回答的喵喵声听起来也会更响一些。我们走到小溪拐弯的地方，才看见萨萨站在一根倒在水里的原木上。他尾巴上的毛全都支棱起来了，他正盯着木头后面的一堆白色泡沫咆哮着。

等等……泡沫……是肥皂泡！

"萨萨！"我说，"你找到肥皂泡了！"我

跑过去摸了摸他,突然发现他脑袋上方有一个奇怪的管道。

"妈妈!爸爸!这个奇怪的管道是什么?肥皂泡应该就是从这里出来的。"

妈妈弯下腰,抹了一点肥皂泡闻了闻。

"哦,妈妈,你为什么要闻呢?"

妈妈笑着答道:"看起来很奇怪吧?我是

想确认一下这些是不是自然形成的泡沫。有时，落叶或者森林里的其他物质分解之后，也会形成像肥皂泡一样的泡沫。但是这些泡泡闻起来和商店里卖的肥皂是一个味儿。你闻闻就知道我是什么意思啦。"

妈妈把沾满肥皂泡的手伸到我面前，我凑过去闻了闻。那个味道有点像刷碗用的洗洁精，总之，肯定不是落叶或者溪水应该有的气味。

"我还是不太明白，"我一边问，一边向管道里面张望着，"这条管道是什么？里面的水又是哪儿来的？"

妈妈和爸爸突然异口同声地说道："是雨水。"

我一头雾水地看了看他们。雨水？可是现在没下雨啊？而且我也非常确定，雨水是从天上的云朵里来的，而不是来自这种埋在地里的管道。

"下雨的时候,落在森林里的雨水会怎样呢?"妈妈问。

"它会渗到地里,然后变成泥巴之类的?"我答道。

"就是这样。"妈妈说,"那么落到马路和便道上的雨水又会怎样呢?"

"嗯……"我想了想,"它会先变成小水塘?然后在排水沟里变成小河?"

"是的,那么排水沟里的小河要流到哪里去呢?"妈妈接着问道。

我想了又想,却总是想不出一个确定的答案。当然,那些雨水肯定要流到什么地方

去。要是动脑筋护目镜在就好了！我眯着眼睛，假装头上戴着动脑筋护目镜，拼命想着排水沟里那些小河，努力翻找着脑子里那些遥远的回忆。

想起来啦！有一次下大雨，我和朋友苏菲在路边等校车。我们把一些树枝折成小棍，把它们扔进了排水沟的小河。这些小棍立刻被雨水冲走了，并且一路漂进了有点像地漏的东西里！

"雨水会流进一个像地漏一样的东西里！"我骄傲地说。

"是的，那就是雨水道，"妈妈说，"如果没有雨水道的话，咱们的马路就该发大水了。雨水没法像在森林里渗进泥土一样渗进马路或者便道里。所以我们会用排水沟来聚集雨水，这些雨水会流进雨水道里——"

"然后它们就流到这里来了吗？流到小溪里？"我忍不住插嘴问道。

"是的。这就是说，大街上的所有东西都有可能被雨水冲到附近的溪流或者大海里。所以我们往马路或者便道上倒东西的时候必须格外小心才行。"

我叉着腰扬起了头："这只是问题的一部分嘛。这几天又没有下雨，为什么会有水从管道里出来呢？难道是很远很远的地方有个城市在下雨，这些水是从那里来的？"

"你观察得很好，"妈妈微笑着说，"不过这些水明显是从很近的地方过来的。咱们来看看你能不能找到这最后一块拼图吧。做什么事情需要很多很多的肥皂水呢？多到能把排水沟都灌满了？"

我皱着鼻子想了一会儿，脑子里想象着排水沟里流淌的肥皂水小河。

嗯……用上这么多肥皂水的话，要洗的东西肯定非常非常大了。比如一艘船，或者……一辆汽车！

"是洗车店！"我喊了起来，把萨萨吓得从原木上飞蹿了下去。哎哟，我真的没想发出这么大的声音。可是我实在太激动了。肯定是洗车店！

妈妈和爸爸一起点了点头，我也忍不住开心地笑了起来。我们肯定能搞定这件事的。首先，我们得去找到那家洗车店，这不会很难的……大概是吧？

第九章

进城去

我们把带着的东西和萨萨送回家里。在出门之前,我匆忙在科学笔记上补充了几条记录:

观察:
肥皂水是从雨水道里流过来的。

推论：
污染是从洗车店来的！

爸爸系好安全带，发动了汽车，又回头问妈妈："你觉得咱们应该先去哪里呢？"

我在后座上大声说道："咱们难道不应该先去城里的山姆洗车店看看吗？"在我看来，这个答案简直太明显了。

"哦？"妈妈答道，"如果洗车店每天都把肥皂水排到雨水道里的话，你觉得会怎样呢？"

我又想了想："那我们从一开始就不会遇到这种问题了，因为小溪里根本就不会有水马啦！"

"你刚才说的是……水马？"爸爸问。

"我想说的是蜉蝣来着，"我飞快地改了

口,"那样的话,小溪里就不会有蜉蝣了。"

"说得没错,"妈妈说,"城里这样的洗车店都有特殊的下水道。洗车产生的肥皂水都会通过单独的管道流到污水处理厂去。那里的工作人员会去除水里的肥皂和油脂,这样咱们的小溪就安全了。"

"那咱们要找什么呢?自己在家洗车的人吗?"我叹了口气,"那怎么找得到呀!"

"不,咱们要找的东西比这个还大一点。但是你说得没错。如果自己在家里洗车的话,肥皂水会沿着马路流进雨水道里,然后排放到当地的小溪或者大海里去。但是从那一段小溪内污染的情况来看,我猜,咱们要找的应该是一帮开临时洗车店的年轻人。"

一开始我对那帮人非常生气。他们把所有蜉蝣宝宝都弄死了,还伤害了小水马!谁会做这种事呢?

然后我又突然意识到,以前我自己也不知

道洗车店会伤害我们的小溪。因为人在城里也看不到小溪在哪里。不论这些年轻人是谁,他们应该都不知道自己对小溪做了什么。

　　爸爸开着车一条街一条街地走着,我们就这么找了很久。就在我们准备放弃的时候,我突然看见霓虹灯的光亮一闪而过,那是一个广告牌,上面写着……"洗车"。

第十章
你们得停下来!

开洗车店的小伙子们已经准备收摊了,我们到达的时间刚刚好。我们从车上下来,走了过去,但是走近了我才发现,他们是一群大孩子,甚至可能是高中生。

其中一个家伙看了看我们,妈妈把我向他们推了一步。呃,她是希望我跟他们说吗?这些家伙的个子……好高呀。

那个高个子姑娘冲我笑了笑:"啊,你好。对不起,我们今天已经收工啦,不过我们下星期六还会来的。"

我咽了咽口水,回头看了看爸爸妈妈,他们点了点头,鼓励我继续行动。于是我向前迈了一步,稍微清了清嗓子。

"呃,你们不该再开洗车店了。"我紧张地尖声说。

现在所有学生都开始盯着我看了。一个大

男孩儿笑了起来,他看了看我的爸爸妈妈,可是他们什么都没有说。于是他弯下腰来问我:"哦?那是为什么呢?"

"因为这么干会伤害小溪的。这么干会杀死溪流里的虫子,而且对其他……呃……生活在小溪里的动物,也非常有害。"

几个学生抬起头来到处看了看。

第一个跟我说话的女孩儿指了指马路两头:"可是这里没有小溪呀。你看,这里只不过是个停车场嘛。我们会把地面清理干净的。"

我又回头看了看爸爸妈妈,可是他们只是微笑着看着我。看来他们真的不打算来帮我的忙啦。那好吧。

"我知道这听起来很奇怪,"我继续说道,"可是请你们跟我来看一看。"那群学生现在已经被我激起了好奇心,于是我比画着让他们跟着我过来,"如果跟着洗车店流出的肥皂水走的话,你们就明白我是什么意思了。"

我带领他们走到便道上，指了指路边的排水沟。洗车店排出的肥皂水还在里面流淌呢。我们沿着便道走了一会儿，很快我就看到了雨水道的入口，肥皂水就在我们眼皮底下消失在那条管道里了。

"你们看，肥皂水会沿着地下的管道流走，然后流到我们的小溪里。你们洗车用的肥皂会污染溪水，小溪里生存的动物不能适应肥皂里的化学物质。他们都会被杀死的。"

"哇！"刚才的大男孩儿惊叹了一声，抬

头看了看我的爸爸妈妈——他们也来到了雨水道边。

"这条管道真的通到小溪里吗?"

"是的,她说的都是实话,"妈妈说,"你们最好还是把洗车店关掉。"

"哎哟,拜托,"大男孩儿说,"我们是在为班级旅行攒钱,原本干得还很不错呢。"

"我们还差一点就攒够了,"女孩叹了口气,"不过我们也不想继续污染溪流了。真是不知道怎么办才好。"

"说实话,我们真没辙了。"男孩儿替她补充说。

我仰头对妈妈和爸爸说:"他们应该还能做点什么的吧?

比如他们是不是可以把洗车店挪到山姆洗车店的停车场去？那边的下水道是特制的，所以肥皂水就不会流到小溪里去了，对吧？"

妈妈稍微考虑了一会儿："我觉得他们应该没法用山姆洗车店的停车场。不过我好像记得那家店里有个筹款项目，应该是帮忙卖优惠券之类的。"她转向爸爸，"你对这个有印象吗？"

"我的确在报纸上看过这么一篇报道，"爸爸说，"你们想让我给山姆家打个电话问问吗？"

学生们和我异口同声地喊着："好呀！"这个解决方案既能挽救小溪，又能帮助这些学生，实在是太棒啦！

爸爸给山姆洗车店的人打了电话，不知道和什么人聊了半天，说了好多"嗯哼"之后，他终于对我们竖起了大拇指。

打完电话，爸爸把必要的信息告诉了学生

们，我们一家就回去吃晚餐了。这趟解密之旅早就让我饿得肚子咕咕叫啦！

不过，在回家的路上，我突然又担心起来。我们的确阻止了这群开洗车店的学生，那么其他人怎么办呢？我们怎么才能让其他人不犯同样的错误呢？蜉蝣宝宝们还会回来吗？对可怜的小水马来说，我们的行动会不会晚了点？

第十一章
一起涂标语

"准备好了吗?"我问爸爸,用戴着胶皮手套的手摇晃着一罐白色的喷漆。

"好啦,全搞定了,"他又把模板的四角在地上按了按,"你把喷漆摇匀了吧?"

"当然喽!"我吐了吐舌头。

爸爸笑了笑,他站起身来向后退了一步,走到妈妈身边。我按下喷漆顶上的喷嘴,白雾一样的油漆立刻喷了出来。我喷呀喷呀,一直喷到完全看不见模板为止。接下来这一步是我最喜欢的，因为见证奇迹的时刻到啦！我放下手里的罐子，小心翼翼地把模板揭了起来。

爸爸妈妈在旁边鼓起了掌："干得漂亮！"

现在雨水道前的地面上多了一行明亮的白字，上面写着：

直通溪流　请勿排污

因为我实在是太担心小溪再被洗车的肥皂水污染,所以和爸爸妈妈一起想出了这个主意。实际上,城里早就有人准备好了喷漆和模板,只需要有志愿者在每个雨水道口喷上标语就好了。在过去的几个星期里,我们每个星期六和星期日都要花上一两个小时,在城里的雨水道边上用喷漆喷好标语。现在终于全都做完了!

在回家的路上,我感觉放心多了。现在大家读了雨水道边上的标语,就会知道排水沟里的水不是神秘消失了,而是会流到我们的小溪里,而且人们排放到水里的东西也会跟着一起流过去。

我们的车开上了家门口的小路,妈妈突然大笑了一声,不过她立刻用手捂住了嘴巴。

"你还好吗?"爸爸问。

"啊,当然喽,我就是……呃,我以为我看见咱们家门口有点什么东西。"妈妈转过身来，飞快地捏了一下我的膝盖。

门口有什么东西？啊！就是那个"什么东西"嘛！我把脸贴在车窗上，寻找着皮皮的身影。

皮皮果然在我家门口。他坐在萨萨的脑袋上。我一眼就能看出萨萨不怎么高兴，他的耳朵都耷拉下来了，脸上的表情也非常不爽。我得拼命挪开视线才能不笑出来。

爸爸一停好车，我就用最快的速度从车里钻了出来。我蹲下身子假装系鞋带，皮皮就顺势跳到我的头上。萨萨长

长地舒了口气，他用脑袋撞了撞我，咕噜着表示感谢。

"我以为你们不会回家了呢！"皮皮喊道，"小水马们希望你能到小溪边上一趟，佐伊。"

"他们还好吗？"我用很小很小的声音问皮皮。

"很好啊，而且他们还有新消息要告诉你呢！"皮皮兴奋地说着，甚至在我的脑袋上跳了几下。

我松了口气。皮皮从森林里的怪兽们手里分到了一些蛴螬，好让水马们至少有东西吃。不过他们很明显不怎么喜欢蛴螬，我们也只能耐心地等着蜉蝣若虫再次出现了。

既然皮皮看起来这么兴奋，那么应该是有好消息吧。我是真的希望能有个大大的好消息！这样的话，我就终于可以给这些新朋友拍照片了。

之前我也去看过小水马好几次，可是每一

次我都会忘记带我的照相机。我真想在科学笔记里贴上一张水马的照片呀!

我飞快地转身问爸爸妈妈:"我和萨萨可

以到小溪边上去一趟吗?"糟糕!我转得太快了,都能感觉到头上的皮皮差点掉了下去。

"嗯嗯。"妈妈这时也从车上下来了,她把嘴唇抿得紧紧的,这样才能不让自己笑出来。

我匆忙从家里拿上了照相机和水下观测镜——虽然匆忙,我还是得留神不要再急转弯了——跟萨萨和皮皮一起向着小溪的方向出发了。

第十二章

魔法礼物

一走进森林,我满肚子的问题就实在憋不住了:"水马为什么专门要找我呢?你说的新消息是什么?蜉蝣若虫回来了吗?"

"你马上就能自己看到了。"皮皮在我头顶上说道,还轻轻拍了拍我的脑袋。

我小心翼翼地蹚过小溪,而萨萨只好气呼呼地蹲在岸边等着。我们走到之前那根原木旁边,皮皮又跳进了水里。

我把带来的其他东西放下,把水下观测镜

探进水里。眼前的景象让我忍不住倒抽了一口气。木头下面的深水里散发着七彩光芒,这景象对我来说实在是太新奇了。我从水面上只能看见洞口(因为我还不敢把整个脑袋都伸到冷冰冰的溪水里去),但是这样看就已经很美啦。每一块小小的石子都散发着一束束光芒,那光芒的颜色从红色变为橙色,再由橙色变为黄色……就这样把彩虹的七种颜色都闪了一遍,最后又从红色重新开始。这场奇妙的魔法灯光秀实在是让我挪不开视线。

直到皮皮清了清嗓子。

"佐伊,我知道这个彩虹洞很有意思,不过有人正准备跟你聊一聊呢。"

对啦!是小水马!我立刻把水下观测镜收了起来,把注意力转回水面上。一只水马正在那里耐心地等着呢。我把双手伸进水里,他就向我的掌心游来。

我露出了微笑。跟我们第一次见面的时候相比,他的眼睛变得明亮多了,身上似乎也多了不少光泽。我们解决了雨水道的问题,这些小水马的情况看起来好了很多,这让我放心了不少。

水马开始说话了,我看向皮皮。

"他说的是:'我有好消息要告诉你,佐伊。蜉蝣若虫已经回来了。现在我们不仅能填饱肚子,日子也变得好起来啦。你救了我们,我们实在是太感激了,所以想要送你一份表达谢意的礼物。'"

我迫不及待地点了点头，在水里张开双手，让那只水马游走。

我实在是太激动啦。我最喜欢礼物了，还有什么东西能比水马送的礼物更令人惊奇呢？我甚至不经意地屏住了呼吸，直到我看见一片耀眼的银光在小溪中游了过来。

"哇哦哦哦哦哦哦哦！"皮皮和我同时惊叹起来。

原来至少有十几只美丽又健康的水马正向我游过来呢,他们长长的马鬃随着溪水飘荡。每一只小水马的脸颊都鼓鼓的,就像嘴里塞满植物种子的仓鼠一样。

他们踩着水排成一队,纷纷用明亮的大眼睛看向我。

我把手伸到水里。水马们开始一个接一个地把闪着七彩光芒的魔法石子放到我手心里。

皮皮拼命前倾着身子想要看得更清楚,结果却不小心掉到水里了。他又连忙跳回岸上,

红着脸拂去了身上的水。

有那么一小会儿,我除了惊讶地大张着嘴巴,盯着眼前的奇景之外,什么都说不出来。我满脑子只有小水马和七彩石子。

这实在是太宝贵了!不过这时候我终于想到了要讲礼貌,于是我凝视着每一只小水马的双眼,认真地对他们说:"非常感谢你们送我这么美丽的礼物。"

我的身子稍微直起来一点,想要仔细看看这些石子,却不小心碰到了我的照相机。对啦,我的照相机!"你们愿意让我拍一张照片放到我的科学笔记里吗?"我紧张地问道。

小水马们彼此看了看,点了点头,一起转到了正对着我的方向。我看见他们的嘴里吐出

了一串串泡泡，却不知道他们在说什么。

皮皮指了指水里："你不是要照相吗？他们在说'茄子！'呢。"

"哦！"我小心地把彩虹石子收进口袋里，抓起照相机飞快地拍了张照片。我拿着照片，微笑着对我这些可爱的小朋友道谢："谢谢你们，小水马！"

我遇到的第一只水马又游近了一点，他说了些什么，皮皮给我翻译起来：

"'我们必须回彩虹洞穴里照顾宝宝了。多谢你的救命之恩，希望你日后能来看看我们。'"

我和皮皮坐在岸边，看着水马们姿态优美地游回原木下面的阴影里。我从口袋里掏出彩虹石子，又盯着它们看了一会儿。

皮皮伸出一只长着蹼的小手，摸了摸我手心里的一颗石子。

"我从来没听说水马会把这些东西送给别

人。你真是太幸运了。"

我想了一会儿,拿起一颗石子递给皮皮:"你也帮了很大的忙呀,皮皮。我想给你一颗。"

皮皮的眼睛里涌起了一点泪花,他搂着我的手腕来了个大大的拥抱。"谢谢你,佐伊!我这就把它直接带回家,这样就不会弄丢了。"他把石子塞进嘴里,露出了一个灿烂的微笑。

我亲了亲他的脑门儿,与他挥手告别,然后皮皮就一蹦一跳地回森林里去了。

萨萨还在小溪的另一边等着我呢。穿好鞋袜之前,我先把那些彩虹石子一颗颗地排列在身边的沙地上。萨萨也睁大眼睛直盯着它们看,还舒服地咕噜起来。看着这些石子七彩光芒的变化,的确感觉既美好又舒服。

"哎呀,妈妈可能从来没见过这些彩虹石子吧,萨萨,咱们得赶紧拿给她看看!"我拿好所有东西,飞跑着回了家。

第十三章

房间里的彩虹

我大声喊着冲进房门:"妈妈,你在哪儿呢? 快来看看这些!"

我对着妈妈笑着,举起一双紧紧攥着的手。

"看什么呢,佐伊? 小溪那边一切都还好吗?"妈妈问。

我没有回答,只是张开双手,给她看我手心里攥着的彩虹石子,五颜六色的光芒立刻充满了整个房间。

"哇哦……"妈妈伸出一根手指摸了摸那些石子,"这是什么?"

"这是水马们送给我的礼物,"我小声答道,"这是被施了魔法的彩虹石子。他们的洞穴都是用这样的石子装饰的。你是不是从来没见过这么漂亮的东西?"

妈妈拿起一颗石子,一边盯着它看,一边小心翼翼地把它在手心里旋转

着。我们实在是看得太入迷了,甚至被走过来的爸爸吓了一跳。

"你们两个干吗呢?"爸爸问。他看了看我们手上的石子,露出一副古怪的表情:"呃,我们为什么要像欣赏宝石一样看着这些

小石头子呀？"

可怜的爸爸！他看不见这些石子的七彩光芒，真是太遗憾啦。

"哦，这些石子是我从小溪里捡来的，我觉得它们有很特别的意义，"我说，"我这就把它放回房间里去。"

"好啊。晚餐马上就准备好了。"爸爸拿起其中一颗小石头，左右转着看了看，他不明所以地嗯了一声，就把它又放回我手里了。

我回到自己的房间，把彩虹石子放在书桌上排成一列，关上灯，欣赏着投射在墙上的彩虹。

"这也太酷啦！"我用小小的声音念叨着。

萨萨跳到我的书桌上，开始用爪子来回扒拉其中一颗小石子。

"这可不行，猫咪！我可不想把它们弄丢了！"我连忙把他从桌子上抱了下来。可是他的四条小腿还像风车一样来回挥舞着，想要回到桌上去。他刚好踢到了我的科学笔记，把它翻开了。我咧嘴一笑。彩虹的七彩光芒照耀着空白的一页，它正静静地等待着我们的下一场大冒险呢。

术语表

藻类：一种绿色的、黏糊糊的水生植物。经常被阳光照射或者被污染的水里，通常会有很多藻类。

毛翅蝇：一种昆虫，它们在若虫时代生活在水里，并且用泥巴、石子、树枝和树叶在背上筑巢。

蜉蝣：一种若虫时代生活在水中的昆虫，对水体污染非常敏感。

若虫：昆虫幼虫的一种。

pH值：用来检测污染的一种方法。如果水的pH值太低或者太高，那就说明水里混入了其他东西。

雨水道：马路和便道上的水会顺着这条水道流下去，并且最终排放到溪流、湖泊或者海洋里。

图书在版编目（CIP）数据

水马与肥皂泡 /（美）爱莎·西特洛著；（美）玛丽安·林赛绘；夏高娃译. — 北京：北京联合出版公司，2021.10

（佐伊总是有办法：给孩子的第一套科学实验故事书）

ISBN 978-7-5596-5134-1

Ⅰ.①水… Ⅱ.①爱… ②玛… ③夏… Ⅲ.①儿童故事-图画故事-美国-现代 Ⅳ.①I712.85

中国版本图书馆CIP数据核字（2021）第057872号

Merhorses and Bubbles
Text copyright 2017 by Asia Citro
Illustrations copyright 2017 by Marion Lindsay
This edition arranged with Kaplan/Defiore Rights
through Andrew Nurnberg Associates International Limited

水马与肥皂泡

佐伊总是有办法：给孩子的第一套科学实验故事书

作　者：（美）爱莎·西特洛	绘　者：（美）玛丽安·林赛
译　者：夏高娃	出品人：赵红仕
产品经理：于海娣	版权支持：张　婧
责任编辑：徐　樟	特约编辑：丛龙艳
装帧设计：人马艺术设计·储平	内文制作：任尚洁

北京联合出版公司出版
（北京市西城区德外大街83号楼9层　100088）
北京联合天畅文化传播公司发行
天津中印联印务有限公司印刷　新华书店经销
字数 210千字　787毫米×1092毫米　1/32　19.75印张
2021年10月第1版　2021年10月第1次印刷
ISBN 978-7-5596-5134-1
定价：136.00元（全6册）

版权所有，侵权必究
未经许可，不得以任何方式复制或抄袭本书部分或全部内容
如发现图书质量问题，可联系调换。质量投诉电话：010-88843286/64258472-800

"Those who don't believe in magic... will never find it." Roald Dahl